僕は金《きん》になる

桂 望実

祥伝社文庫

目次

昭和54年（1979）

「お前はまっとうに生きろ」と父ちゃんは言った。

それは二年前の春のことで僕は小学六年生だった。父ちゃんと母ちゃんは離婚することになったと聞かされた翌日だ。ボストンバッグに服を詰《つ》め込む父ちゃんを、僕は呆然《ぼうぜん》と見つめていた。すると今気が付いたといったように急に僕を見上げて言ったのだ。「お前はまっとうに生きろ」と。その時母ちゃんはたまたまなのか、わざとなのか、仕事に行っていて家にはいなかった。そして父ちゃんはボストンバッグ二つと姉ちゃんを連れて出て行った。

電車が速度を落としていき、駅員がもうすぐ駅に到着すると告げた。

僕は立ち上がりドアの前に移動する。しばらくして電車が止まると、開いたドアから降りた。

蟬《せみ》の鳴き声が一気に耳に入ってきた。

ホームは高架上にあって街を見下ろせた。遠くに山が見えて畑が広がっている。その景色の中に工事をしている場所が三つあった。右の方には団地がきれいに並んでいる。昭和五十四年のありふれた景色だった。

改札を出たところでポケットからメモを取り出した。そのメモに一旦目を落としてから歩き始める。商店街を進みながら額《ひたい》の汗を腕で拭《ぬぐ》った。

夏休みが始まった日から突然気温が高くなり、この二週間ずっと暑い日が続いている。商店街には肉屋があって、魚屋があって、お茶屋があって、煎餅《せんべい》屋があった。その商店街がぷつんと終わるのは、大きな通りと交差する場所だった。

一週間前突然父ちゃんから入った電話で教わった通り、大通りを右に折れた。三つ目の信号を右に曲がって、建物を一、二、三と数えながら進む。六個目に父ちゃんが言っていたさつき荘があり、その前で足を止めた。

なんで来ちゃったんだろう。母ちゃんに内緒で父ちゃんに会うなんて……でも母ちゃんからは、父ちゃんと姉ちゃんに会うなとは言われていない。貴弘《たかひろ》の話じゃ、僕には父ちゃんに会う権利があるらしいし。だけど……なんかすっごく悪いことをしているような気がしてしょうがない。これはマズいって思いで胸が一杯だ。どうしても会いたかったってわけじゃなかったのに。待ちに待った夏休みだったけど、始まってみたらなにもすることがなくて、暇《ひま》だったせいかな。このために僕は母ちゃんにたくさん嘘《うそ》を吐《つ》いた。貴弘の別荘に泊めて貰《もら》うという設定にしたからだ。なにか聞かれる度《たび》に僕はドッキドキだった。明日帰ったら、またたくさんの嘘を吐かなくてはいけないと思うと気が重い。

　さつき荘は二階建てで奥に向かって部屋が並んでいる。通りに面した一番手前の部屋の窓が開いていて、水色のタオルケットが干してあった。

　一階の奥へと進む。コンクリートの通路を歩き、どん詰《づ》まりの部屋の前で止まった。ドアの横に貼ってある小池《こいけ》と書かれた紙をしばし見つめた。少ししてからその下にあるブザーを押した。

　でもそれに手応《てごた》えはなく、ブザーの音が部屋に響いている様子もない。

　ドアの横の小さな窓が開いている。網戸の向こうには、黄色の容器に入った食器用洗剤とクレンザーがあった。

　拳《こぶし》でドアを叩《たた》いた。しばらく待ってもなんの反応もなくて、何度も叩く。ふと叩くのを止めてノブを摑《つか》んだ。

　その時突然物凄《ものすご》い力で押し返された。

　開いたドアの向こうに父ちゃんがいた。

「おっ」と父ちゃんが声を上げた。「守《まもる》だったのか、さっきからドンドンやってたのは。

さっさと入ってくりゃいいもんを、なにをやってんだと思ってたよ。ま、いいさ。入れよ」

「ドンドンって、なんの返事もしないからだよ。だから聞こえないのかと思って何度も叩いたんだ。聞こえてたなら返事してよ。ブザーも鳴らしたんだよ。壊れてるんじゃない？」

「ブザー？」目を丸くした。「そんな洒落《しゃれ》たもんがうちにあったのか？」

「小池って書いてある紙の下にあるよ」

「そうか。まぁ、いいやな。それを言いに来たんじゃないんだろ。入れ入れ」

僕は三和土《たたき》でコンバースを脱いだ。

すぐの台所は二畳くらいでテーブルが一つあった。そこには炊飯器と小さなテレビが並んでいる。二つの部屋のうち左の方は襖《ふすま》が閉まっていた。

右の部屋から父ちゃんが言った。「背、伸びたな」

「あぁ、うん」

父ちゃんは敷《し》きっ放しだった布団を半分に畳《たた》んだ。それを部屋の隅に足で押しやると、壁際にあった小卓を中央まで引き摺《ず》って動かした。

その部屋は六畳で扇風機《せんぷうき》が首を振っている。壁の上の方にある桟《さん》に針金ハンガーが三個引っ掛けられていて、そのすべてに手拭いが掛かっていた。部屋の奥にある窓の向こうは小さな物干し台になっていたが、そこにはなにも干されていなかった。

父ちゃんが畳を指差す。「まぁ、座れや」

僕は父ちゃんの向かいに座り鞄《かばん》を横に置いた。

急に父ちゃんが立ち上がり扇風機を持ち上げる。

それを父ちゃんが僕の隣に移した時、青い羽根が一瞬止まった。それから数秒後に再び回転を始めた。

「母ちゃんは」と父ちゃんが話し出した。「元気か？　相変わらずご立派か？」

「元気だよ」

「そうか。守はどうだ。元気か？」

「あぁ、まぁ元気」

「その変な声はどうした？」

「変な声って……変声期なんだよ」

「変声期ってのは声変わりのことか？　そうか、声変わりか。守もそんな年になったんだな。大人への階段をー、上《のぼ》ってるんだねー」と父ちゃんが節《ふし》を付けて歌うように言った。

「茶化さないでよ」

「茶化したいねぇ。これを茶化さないでどうするよ」にやついた顔をした。「先週の電話でもそんな変な声してたな、そういや。電話機の調子が悪いのかと思ってたが違ったんだな。声変わりかぁ。少年と青年の途中をせいぜい楽しめ。一生のうちたった一回だからな。いいじゃないか、変な声。すぐに変な声じゃなくなっちゃうぞ」

「なんだよそれ」

「変な声の少年は腹は減ってるか?」

「だから茶化すなって。家で食べてきたから腹は減ってない」

急に父ちゃんが声を潜《ひそ》めた。「母ちゃんには内緒か?」

「うん」頷《うなず》いた。「友達の別荘に泊まりに行くってことになってる」

「そうか」

父ちゃんは窓の方へにじり寄ると、ピースの缶に手を伸ばし蓋《ふた》を開けた。タバコを一本取り出しライターで火を点《つ》ける。目を細めてゆっくり吸い込むと、勢いよく鼻から煙を吹き出した。

父ちゃんは白いランニングとステテコ姿で、それは二年前までよく見ていた格好だった。

「あっ」父ちゃんが畳の上のカップラーメンを持ち上げた。「昨夜食おうと思って湯を入れたのに、酔っぱらってたから眠っちまったんだ」蓋を捲《めく》った。「食えるかな？」

「そんなの食うなよ」

「そうか？」

隣の部屋の襖が開く音がした。

僕は上半身を大きく後ろに捻《ひね》った。

姉ちゃんが台所を突っ切る。そして水道の栓を捻りコップに注《つ》いだ水を飲む。くるりと身体を回した時僕と目が合った。

「守？」と言うと姉ちゃんが近付いて来た。「守だ。守だよ、父ちゃん」

「そうなんだ」父ちゃんが答える。「守だ」

姉ちゃんが僕の頭に手を置いた。「元気？」

「まぁ、元気。姉ちゃんは？」

「その変な声はどうしたの？」

うんざりして僕は「変声期だから」と説明した。

三つ上の姉ちゃんは、上下とも黄色い水玉柄のパジャマを着ていてピエロみたいだった。

姉ちゃんは僕の横にあぐらを掻《か》いて座った。それから大きな口を開けてあくびをする。

そして「お腹空《す》いた」と姉ちゃんが言った。

父ちゃんがカップラーメンを持ち上げる。「これ食うか？　湯を入れたのが昨夜だったから伸びきってるが、味は変わらんだろう」

カップラーメンを受け取った姉ちゃんが、蓋を開けて中を覗《のぞ》き込む。「スプーンの方がいいみたいだね」

卓の上のマグカップに差さっているスプーンに手を伸ばす姉ちゃんに、僕は聞いた。

「それ食うの？」

「うん」

「ほかにないの？　食べるものなんにもないの？」

「わかんないけど。いいよ、これで」

覗き込んだカップの中には、茶色いものが大量に詰まっていた。スープを吸った麺は不気味なほど太くなっている。

姉ちゃんはスプーンで麺が変形したものを掬《すく》い上げると、口に運んだ。もう一度。さらにもう一度。

なにも言わずに食べ続ける姉ちゃんに僕は「旨《うま》い？」と聞く。

「いや。不味《まず》いね」

「それでも食うんだ？」

「うん」

三つ上の姉ちゃんは昔からちょっと変わっていた。姉ちゃんも背が伸びたようだし、ちょっと痩《や》せたようにも見えるけど、ズレているところは二年前のままだった。父ちゃんも変わっているので、二人と一緒にいると僕は混乱してしまうことがよくあった。そんな時には母ちゃんに助けを求めた。すると母ちゃんは「守の感覚の方が普通で、考え方も正しいんだよ」と言ってくれた。それで少しほっとするのだけど、なぜかいつもその後で寂しくなった。

小学生の時担任が替わる度に「小池りか子の弟か？」と必ず聞かれた。「そうだ」と答えると皆心配そうな顔をした。でもしばらくすると「お姉ちゃんとは違って弟は普通」と言われるのだった。同じことはクラス替えの度に、同級生の親たちとの間でも起こった。普通だと言われると良かったと思うのだけど、同時に普通でしかない自分にちょっとがっかりした。

完食した姉ちゃんがトンと卓にカップを置いた。「将棋したい」

「えっ？」と僕は聞き返す。

父ちゃんが大声で「将棋したいか？」と言って立ち上がった。「そうか。将棋したいか。

よっしゃ。行こう」

父ちゃんと姉ちゃんはあっという間に着替えを済ませた。二人と一緒にアパートを出た僕がどこへ行くのかと尋ねると、父ちゃんが「将棋だ。将棋」と嬉《うれ》しそうに答えた。

僕と姉ちゃんに将棋を教えてくれたのは父ちゃんだった。父ちゃんは昔工場で働いていた時、毎日昼休みに職場仲間と将棋を指していたらしい。

商店街にあるレイコ美容室の横に狭い階段があった。その階段で二階に上がるとドアがあり、そこに『やまて将棋サロン』と書かれた紙が貼られていた。中は床から十センチほどの高さのところに二十枚ぐらいの畳が敷かれていて、十人程度の男たちが将棋盤を挟《はさ》んで対局している。

父ちゃんは僕と姉ちゃんに「ちょっと待ってろ」と言うと畳に上がった。

僕と姉ちゃんは壁際の椅子《いす》に並んで座った。

姉ちゃんは前傾姿勢で男たちを見つめる。そして時々足首までの長いスカートに、両方の掌《てのひら》を擦《こす》り付けるようにした。

姉ちゃんは将棋が好きで強かった。大きなハンディを貰っても、僕はまったく姉ちゃんに勝てなかった。普通は将棋盤に互いに二十枚ずつの駒《こま》を並べて、スタートする。これに倣《なら》って僕が二十枚から始めるのに対して、姉ちゃんは王将《おうしょう》一枚だけという最大級のハンディをつけて対局する。それなのに僕は姉ちゃんに勝てなかった。僕が小学五年生の時姉ちゃんは言った。守は弱過ぎて対局してもつまんないと。僕は泣いた。その時横にいた父ちゃんは、僕を慰《なぐさ》めてはくれなかった。それどころか父ちゃんは嬉しそうな顔で「りか子は強いからなぁ」と言って、僕をさらに哀しくさせた。

正面の壁に掛けられた大きな時計が午前十一時半を指している。

僕は立ち上がり部屋の左隅にあるトイレに入った。用を済ませてトイレから出た時、尻のポケットから財布を取り出す父ちゃんが目に入った。

父ちゃんは財布から一万円札を一枚抜いて畳に置いた。もう一枚。さらにもう一枚。父ちゃんは向かいの男の顔をじっと見つめながら、一万円札を次々に出していく。

五万円になったところで向かいの男が頷いた。男はセカンドバッグから鰐革《わにがわ》の財布を取り出し、そこから五万円を抜いて、父ちゃんが出した札に重ねた。

十万円を父ちゃんはひとまとめにしてクリップで留める。それを折り畳んで自分のシャツの胸ポケットに入れた。

そして大きな声で「りか子」と呼びかけた。「将棋できるぞ」

出入り口近くの将棋盤を挟んで、姉ちゃんと鰐革の財布の男が向かい合った。姉ちゃんが先攻になった。

姉ちゃんが歩《ふ》を前に動かす。鰐革の男が王将を斜め前に置いた。次に姉ちゃんは角《かく》を摘《つま》み上げると左斜め方向に進めた。途端に鰐革の男が目を丸くした。

二人の将棋盤の周囲を五、六人の男たちが取り囲んでいる。そのうちの一人が首を捻ってから腕を組んだ。

姉ちゃんは遊ぶつもりなのだと僕は理解した。

将棋は相手の王将を先に倒した方が勝ちになるゲームだ。相手の王将を倒すことを正式には詰みという。相手がどの駒を動かしても、こちらが相手の王将を取れる状態になると、詰んだと表現する。たくさんの戦い方があるが、序盤は自分の王将を守るよう駒で砦《とりで》を作ることが多い。まずは守りを固めてから、駒の取り合いの中盤戦に進むのが普通の流れだった。でも姉ちゃんはいきなり攻めることがあった。近所にあった将棋クラブで、姉ちゃんのこの気儘《きまま》な戦法で、たくさんの人が混乱したままあっという間に負けるのを何度も見てきた。そんな時の姉ちゃんは勝負しているというよりも、遊んでいるようだった。

僕は姉ちゃんに目を向けた。

目がきらきらと輝いている。

たちまち僕は苦い気持ちになる。姉ちゃんには将棋がある。将棋の天才だった。父ちゃんも母ちゃんも、近所の人たちも、姉ちゃんの将棋の才能を褒《ほ》めた。ちょっと変わっているけど、将棋が強いから特別な人って感じになっているのだ。でも僕は勉強も運動も、音楽も美術も全部普通で、性格も普通だと言われていた。これじゃ僕に光は当たらない。姉ちゃんは将棋を指している時は光が当たる。でも僕にはそういう瞬間がなかった。それは哀しい。そのうち僕が輝けるようなものと出合えるのかな。だったらいいけど。僕にも特別ななにかがあって欲しい。小池りか子の弟としてじゃなくて、普通の僕がちゃんと皆の記憶に刻まれるようになりたい。

壁の時計が午後〇時半を指す頃には、盤上には鰐革の男の悲鳴が溢《あふ》れるようになった。姉ちゃんに追いかけられて、鰐革の男の王将は逃げ回る。

少しして姉ちゃんがにやっとした。

姉ちゃんが勝ちを確信したのだろう。

こんな風に対局中に姉ちゃんがにやっとするのは、勝つためのすべての手を読み切れた時だった。姉ちゃん自身はそうやって笑ってしまうことに気が付いていない。

姉ちゃんが鰐革の男の王将の前に金《きん》をパチンと音をさせて打った。

打つとは、駒台にあった駒を盤上の空《あ》いている場所に置くことだ。相手から奪い取った駒は一旦自分の駒台に置いておく。そして自分の駒として盤上に戻すことができるのだ。

観戦していた男の一人が驚いたような顔をしていることに、僕は気が付いた。

鰐革の男はじっと盤を睨《にら》む。首を小さく左右に振って、それまで以上に前傾姿勢になって盤を見つめた。やがてその肩がすっと下がった。そして頭を下げると「負けました」と言った。

「凄いね、どうもこりゃ」とさっきとは別の男が興奮した様子で呟《つぶや》く。

父ちゃんが「ま、こんなもんですわ」と誇《ほこ》らしげに言い、姉ちゃんに向かって「どうする？ もう一局やるか？」と聞いた。

姉ちゃんはゆっくり首を左右に振る。「もういい。なんか、またお腹空いてきた」

「そうか」父ちゃんは頷くと、皆に向かって「それじゃ、今日はこれで」と告げた。

鰐革の男が言った。「感想戦は？」

父ちゃんが自分の顔の前で手を左右に動かした。「娘は感想戦が苦手なもんで」

鰐革の男が不満そうな声を上げ、周りの男たちも同じような声を上げた。

感想戦とは対局を終えた後で、実際に戦った二人がその対局を振り返ることだ。これによって相手の戦略がどういうものだったかがはっきりする。良かった手や悪かった手がわかると、互いのレベルを上げると言われてもいる。でも姉ちゃんは感想戦が嫌いだった。振り返ったり、分析したり、検討したりすることに興味がないようだった。前にどうして感想戦をしてくれないのかと聞いた時、そう感じたから動かしただけなのに、理由を聞かれても困るんだよと言っていた。

そもそも姉ちゃんには戦略なんてないのかもしれない。本能のまま指しているだけ。姉ちゃんはただ勝負が好きで、ヒリヒリするような世界にいたいだけなんじゃないかと思う。

「そういう訳なんで」と父ちゃんは言って、自分の胸ポケットを手でぽんぽんと叩いた。

「毎度おおきに」

僕らは将棋サロンを出て商店街の一軒の店に入った。ショーケースには団子やあんみつの食品サンプルが並んでいたが、店の壁にはラーメンやうどん、稲荷《いなり》寿司といったメニューも貼られていて、食事もできるようだった。

店内には僕らのほかに三組の客がいた。テーブルの隅にはおみくじ付きの灰皿がある。姉ちゃんと僕が並んで座り、向かいに父ちゃんが着いた。

灰皿を手元に引き寄せて父ちゃんが口を開いた。「りか子が腹空いてるって言うからここに来たが、向こうにも色々食うもんはあるからな。そっちでも食えるぞ」

「向こうってどこ？」と僕は聞いた。

「競艇場だ」

「えっ？　これから競艇場に行くの？」

「軍資金が入ったからな。俺はうどんと稲荷寿司のセットにするわ。りか子は？」

「海苔《のり》巻きセットと豆大福」

「守は？」と父ちゃんに聞かれたので、「ラーメン」と答えた。

注文を済ませた父ちゃんはショートピースに火を点けた。「学校はどうだ？　毎日行ってるのか？」

「そりゃあ行くさ」僕は答える。

「毎日か？」

「だから行ってるって。毎日学校があるんだから、毎日行くよ」

「すっげぇなぁ、お前は。ちゃんとしてる。なぁ、りか子」

姉ちゃんが頷いた。「守は偉《えら》いね」

「なに言ってんだよ」僕は声を上げる。「偉くもなんともないよ。馬鹿にしてるんだろ」

「馬鹿になんかしてないさ」父ちゃんが否定した。「毎日学校に行く守を尊敬してるんだ。ちゃんと早起きして、制服着て、同じ時間に家を出て、学校に行くんだろ。そんで硬い椅子に座って授業を受けるんだ。それは凄いことだ」

「そんなこと誰だってやってる。姉ちゃんだって高校に行ってるだろ」僕は言った。

「ダメだったよ。一週間しか行けなかった」と姉ちゃんが答えた。

「えっ？」僕はびっくりして聞き返した。「高校行ってないの？　そうなの？　それ母ちゃん知ってる？」

「いつだったか……母ちゃんから電話があった時に話した」

「母ちゃんなんて言ってた？」

「あんたって子はって。それだけ。後は長いため息の音が聞こえてきてたかな」

「そんだけ？　高校行けとか、怒られなかったの？」

「怒ってたのかな？」姉ちゃんが首を捻る。「わかんない」

「高校行ってないんなら働いてんの？」

「働く？」目を丸くした。「そんなこと思い付きもしなかったな」

「……父ちゃんは？　父ちゃんは働いてんだよね。運送会社で。毎日早起きして会社に行ってんだろ？　今日はたまたま休みなんだよね？」

父ちゃんは親指を自分の首の前で右から左へすっと動かした。「クビになった」

「……それじゃあ……次の働き口を探してるところなの？」

「まぁ、そうだな」

女性店員が料理を運んで来た。

僕は割り箸《ばし》を割る。レンゲでスープを啜《すす》り隣に顔を向けると、姉ちゃんが大きな口を開けて大福に齧《かじ》り付いていた。

「そっちから?」と僕が聞くと、唇を白くした姉ちゃんが「なにが?」と返してきたので、「なんでもない」と答えた。

店に四人連れが入って来て隣のテーブルに着いた。

僕はグラスに手を伸ばし水を飲む。

父ちゃんがうどんを勇ましく啜る。ずずずっと大きな音をさせて吸い込み、頰《ほお》をぱんぱんに膨《ふく》らませてから咀嚼《そしゃく》した。

「あなたの食べ方は汚らしい」と母ちゃんが突然言い出したのは、僕が小学五年生の時だった。それは家族四人で夕飯を食べていた時だったと思う。父ちゃんが味噌汁《みそしる》をずずずっと啜った時、母ちゃんが言ったのだ。父ちゃんは「そうか?」と軽く言っただけで、それまでと同じ食べ方を続けた。しばらくして、母ちゃんがぴしゃっと自分の箸を卓に叩きつけた。そして「私がなにを言ってもあなたは変えようとしない」と大きな声を上げた。僕はびっくりして凍りついた。でも父ちゃんは「そんなことに目くじらを立てんなよ。おまんまの食べ方なんざ急に変えられないもんだぜ」と反論した。すると「変えようと努力したみたいな言い方しないで」と母ちゃんが言い、「おやおや、今日の母ちゃんは機嫌が悪いな。病院でなにかあったのか？」と父ちゃんが返した。マズいと僕は思った。このままだといつものようになってしまうと心配した。母ちゃんが怒って、父ちゃんはなんとも思ってなくて、それで母ちゃんはどんどん怒っていく——そんな日が増えていた。でもその日は違った。母ちゃんは自分のお茶碗や湯呑《ゆの》みを盆に載せて立ち上がった。それから台所のテーブルに移り、そこで一人で食事を始めた。僕はどうしていいかわからなくて尻がもぞもぞした。僕は音を立てないよう精一杯注意して食事をした。

「守」と父ちゃんに呼びかけられて顔を上げた。

「りか子が眠りたいようだから、守は俺の隣に移れ」と父ちゃんが言った。

顔を隣に向けると姉ちゃんの首が前に傾《かし》いでいた。

僕はラーメンが載った盆を前に滑らせて父ちゃんの隣に移動し、空いたところに姉ちゃんの盆をずらす。そうしてできたテーブルの空間に姉ちゃんの上半身が傾いていき、やがて突《つ》っ伏《ぷ》した。

僕は言った。「姉ちゃんは今もなんだね。食べてる途中に寝ちゃうの」

「あぁ。守はしないな」

「普通しないんだよ」

「そうか？」

「そうだよ」僕はラーメンを音をさせないで啜る。「早く仕事見つかるといいね」

「仕事って?」

「父ちゃんの仕事だよ。探してるんだろ?」

「あぁ……まぁ、ゆっくりとな」

「ゆっくり探すんで大丈夫なの?」僕は質問した。

「まぁ、なんとかなるもんだからな。こっちはぼちぼちやってるが、守はどうだ? まっとうに生きてるか?」

「まっとうかどうかはわからないけど、普通に中学生やってるよ。地味にね。母ちゃんは婦長になった」

「婦長さんか。患者を叱《しか》って歩いてるんだろうな。目に浮かぶよ。俺が知り合った頃の母ちゃんはまだ新人看護婦だったが、それでもよく叱られたんだよ。あんまり色々言ってくっから、こりゃあ俺に気があるなとわかってさ。それでちょいと粉をかけたら――」

父ちゃんの話を遮《さえぎ》った。「そういう話いいから」

「いいのか?」

「いいよ。そんな恥ずかしい話息子にすんなよ」

「別に恥ずかしくないがな」

「こっちが恥ずかしいんだよ」

父ちゃんは笑って僕の背中を二度叩いた。

姉ちゃんは二十分後に目を覚まし、なにも言わずに食事を再開した。姉ちゃんが食べ終わると店を出た。駅前からバスに乗り、競艇場に着いたのは午後二時半だった。

正面にゲートがあり、係員が入場者のチケットを確認している。右の方には入場券売り場があり、そこの前に人の列ができていた。ゲート前の広場に敷かれたアスファルトが、陽を反射して眩《まぶ》しいほど光っている。そしてゲートの向こうの景色がゆらゆらと動いているように見えた。

「ここで待ってろ」と言って父ちゃんは入場券売り場の列に向かった。父ちゃんの番になると、胸ポケットから札を取り出して窓口の係員に渡した。

僕は姉ちゃんに顔を向ける。

姉ちゃんは両手を庇《ひさし》のようにして目の上に当てていた。それからゲートの方を見ながら大きなあくびをした。

戻って来た父ちゃんが言った。「これ、入場券な。これで守は絵日記に書けるな」

「えっ？　どういうこと？」

「夏休みの宿題だよ。絵日記あるんだろ？　それに今日は父ちゃんと姉ちゃんと競艇場に行きましたと書けるだろ」

「絵日記の宿題があったのは小学生の時だけ。うちの中学じゃ絵日記の宿題なんてないよ。もしあったとしたって、競艇場に行ったなんて書いちゃマズいでしょ」

「そうか？」

「そうだよ。もしかしてそれで僕に連絡してきたの？　それが理由？」

父ちゃんが頷いた。「思い出したんだよ。夏休みの絵日記の宿題に守が苦労してたのをさ。ま、いいじゃないか、日記を書かなくていいならそれで。ボートは楽しいぞ。さ、行くぞ」

僕らはゲートを通って中に入った。慣れた様子で歩く父ちゃんに、姉ちゃんと僕は続いた。

通路に沿って売店が並んでいる。ホットドッグや焼き鳥などの店のほかに、リンゴ飴《あめ》を売っている店もあって祭りのようだった。そうした売店が終わったところに、電話ボックスが二十基ほど並んでいた。

父ちゃんが観覧席の方へ進んだ。そして前から二列目の空いていた席に座る。

僕と姉ちゃんがその隣に並ぶと、父ちゃんが水面へ遠い目を向け「今日の風は右から左だな」と呟いた。

それから「ちょっくら準備してくっから」と楽しそうに言うと、父ちゃんは観覧席から離れて行った。

前の席には、カンカン帽を被ったオジサンが二人分の席を一人で独占している。そのテーブルには、カップ酒とスルメの袋があった。開いた口からは一本のスルメが飛び出している。

「ちょっとトイレ行ってくる」と姉ちゃんに声を掛けてから僕は立ち上がった。

観覧席の階段を上りきると右に進んだ。電話ボックスの前に来ると辺りを窺《うかが》って、父ちゃんの姿が近くにないことを確認する。それから扉に手を掛けた。中に入ると財布を広げる。十円玉と百円玉をそれぞれ積み上げて台に並べ、黄色の受話器を握った。でも気持ちの準備ができていないと気付いた僕は、すぐに受話器を戻した。そして小声で練習を始める。母ちゃん？　僕。貴弘の別荘に着いたとこ。大丈夫。心配することなんてないから。それじゃね。息を吸いゆっくり吐き出す。それから再び受話器を握った。

プルルルー、プルルルー。呼び出し音が続く。七回目で繋《つな》がった。

「はい。久本《ひさもと》です」

「母ちゃん？　僕。貴弘の別荘に着いたとこ」

「そうなの？　それならどうして公衆電話から掛けてきてるの？」

「えっ?」

「別荘に電話機ぐらいあるでしょうに、公衆電話で掛けてきてるのはどうしてかと思って」

「………」

母ちゃんが言う。「電話が繋がった時コインが落ちる音がしたもの」

「えっとね、別荘に着いて人がたくさんいる所に移動したんだ。祭りしてて屋台とかあって、そういうの貴弘と」

「そうなの。貴弘君と代わって」

「えっ?」

「お礼を言いたいから」

「そ、そんなのは帰ってからでいいじゃん。今隣にいないし。屋台に買いに行ってるから。待ってる間に電話する約束だったのを思い出したからしただけなんだしさ。そういうことだから。じゃ、切るよ」

「楽しむのはいいけど、周りの人に迷惑を掛けないようにね」

「うん。わかった。じゃあね」

受話器を戻した僕は、思わず電話機に凭《もた》れ掛かった。それからドキドキしていた胸に手を当てる。

危なかった。別荘にいるようなことを言っておきながら、公衆電話はまずかった。もっと細かいところまで考えて練習しておくべきだった。嘘を吐くのは大変だ。

電話ボックスを出て席に戻ると、姉ちゃんはぼんやりと遠くの景色を眺めていた。

「ここ、よく来るの？」と僕は姉ちゃんに聞いた。

「そうだね。週に二、三回ぐらいかな」

「父ちゃんは本気で仕事探してる？」

「仕事？　父ちゃんが？　さぁ」首を捻った。

「やっぱり」一瞬迷ったけど口にした。「姉ちゃんに賭け将棋をさせて、それで儲《もう》けた金で暮らしてるんじゃないの？　さっきの店の食事代も、ここの入場券も、これからやるギャンブルも、全部姉ちゃんが将棋で勝って、それで儲けた金から出してるんだよね？」

「そうだろうね」

「だろうねってどういうことだよ。それで姉ちゃんはいいの？」

「私は将棋をしたい時に将棋ができたら幸せなんだよね。だから今幸せだね」姉ちゃんが答える。

「……幸せなんだ。不安になったりしないの？」

「不安に？　どうして？」

「どうしてって……いやぁ、ならないんだったらいいけど。将棋してる時どんな気持ちなの？」

「将棋してる時？」

「そう。なんか姉ちゃん将棋盤の前に座った途端、別人みたいになるから。どんな気分でやってんのかと思って」

姉ちゃんは凄く真剣な顔でテーブルを見つめてから口を開いた。「楽しくってしょうがないって感じだね。興奮してるし。後いろんなことを考えているから忙しい」

「忙しいの？」

「そう。頭の中が忙しい。それも楽しいんだけどね。最高に面白いゲームじゃん。盤の前に座ったら二十枚の駒と一緒に戦い始めるでしょ。でもその味方を取られたり増やしたりして、戦力はどんどん変わる。変わる度に一番いい戦法を考えて、敵の出方を予想して王将を狙《ねら》う。戦力が落ちても王将さえ倒せば勝ちになるところとか——とにかく全部が面白いじゃん」

「さっきの対局に戦法なんてあった？」

「ん？」

「気儘に遊んでたろ。最初から勝てると思って、真面目にやらずに指したいところに指してたろ」

姉ちゃんがにやっとした。「あのジジイの対局を見学したことがあって、弱いとわかってたからね。真面目にやったらこっちはつまらないんだよ」

「将棋の時だけは飽きないんだね、姉ちゃんは」

「そうだね。守は？　守が楽しいのはなにしてる時？」

「……特にない」

「嘘だぁ」

「いや、本当に。強《し》いて挙げれば友達と遊んでる時だけど、楽しくてしょうがないってほどじゃないし、バスケットボール部じゃベンチだし。たまに試合に出られる時はちょっと嬉しいけど、それは一瞬で終わっちゃって、上手《うま》くやらなきゃって気持ちになって、失敗したらどうしようってドキドキし出して全然楽しくない。どっちかっていうと、もう早くベンチに戻してくれって気持ちもあったりするしね」

じっと僕を見つめて「大変だねぇ」と姉ちゃんは言った。

馬鹿にしてんだろ。どうせ僕は普通だし、気が弱いし、心配性だよ。姉ちゃんに僕の気持ちなんてわかりっこない。気儘で好き勝手に生きている姉ちゃんには。誰もが姉ちゃんみたいに好き放題にできるわけじゃない。人と違うのは怖いしできれば避けたい。でも……姉ちゃんがちょっと羨《うらや》ましかったりもする。姉ちゃんみたいな性格だったら、小さいことでくよくよせずに毎日気楽に過ごせそうだから。父ちゃんが姉ちゃんと暮らすのを選んだのは、僕とじゃ普通過ぎてつまらないと考えたのかな。離婚する時、父ちゃんが姉ちゃんを選んだ理由を僕は聞いていない。母ちゃんには聞き辛《づら》くてこれまで尋ねたことはなかった。理由を知りたい気持ちと、知りたくない気持ちの両方がある。

父ちゃんが戻って来た。

父ちゃんが僕たちの前のテーブルに置いたトレーには、ラムネの瓶《びん》が二本と紙コップに入ったビールがあった。

脇に挟んでいた新聞を父ちゃんが広げる。

ハイテンションで父ちゃんが言った。「守の好きな色は何色だ?」

「色? 別にないよ」

「それじゃ困るんだよ。あるだろ、気が付いたら選んでるって色が。それが好きな色だ」

「じゃあ、青かな」

「青か、そうか。青から張るかな」

観覧席の屋根から下げられている大きな画面に、スタート地点らしき映像が映し出されている。ボートには誰も乗っていなくて、水際にある階段状の斜面をスタッフらしき人が走った。

顔を左に向けて姉ちゃんを見ると、テーブルに片肘《かたひじ》を突き漫画本を広げていた。

どれくらい前だったかはっきりしないが、まだ姉ちゃんが小学生の頃だった。下校中、道の端にあぐらを掻く赤いランドセルを背負った子を見つけた。道に座って漫画を読んでいるそれが姉ちゃんだと気付き、僕は走り寄った。なにしてんのと聞くと、歩くのに飽きたのでここで漫画を読んでいると姉ちゃんは答えた。僕は辺りを見回して、誰にも見られていないのを確認してから「家はすぐそこじゃないか、後ちょっとなんだから頑張れよ」と言った。姉ちゃんは「頑張らない」と答え、先に帰ってと続けた。僕は一人で家に戻った。母ちゃんに姉ちゃんのことを話すと、すぐに迎えに行った。しばらくして戻ってきた母ちゃんの背中には、姉ちゃんがいた。歩くよう説得したけど言うことを聞かなかったので、おんぶするしかなかったと怒っていた。叱られている最中に姉ちゃんは居眠りを始めて、さらに母ちゃんを怒らせた。

僕は顔を正面に戻した。

水面がきらきらと光って眩しい。

僕はラムネに手を伸ばし瓶に口をつける。

ゴムの味がした。

ドアを開けた途端自分の家の匂いがした。下駄箱の上の皿に鍵を置きスニーカーを脱ぐ。細い廊下を進み鞄をダイニングの床に置いた。茶の間の窓を開けて風を入れた。母ちゃんと僕が暮らしているのは３ＤＫのアパートだった。私鉄の最寄り駅まで十五分ほどのところにある。

窓の先には小さなベランダがあり、母ちゃんが育てているサボテンの鉢《はち》が二つ並んでいる。

ダイニングに戻り扇風機のスイッチを足の親指で押した。それから両手を上げて背中を伸ばす。そして冷蔵庫の扉を開けた。僕の好物のジャガイモと挽《ひ》き肉の煮物が、大皿に入っているのに気付く。扉を閉めてその上の冷凍室の扉を開けた。あずきバーを発見し「おっ」と思わず声を出す。袋を裂いてすぐに銜《くわ》えた。流しの端にある小さな時計に目を向けた。

午後四時。母ちゃんが帰って来るまで後一時間。

僕は洗濯物を取り込むことにする。

あずきバーを銜えたまま網戸を開けて、ベランダに出た。竿《さお》から外した洗濯物を畳の上に放っていく。それから洗濯ばさみがたくさん付いているハンガーを持ち上げた。それをすでに重なっている洗濯物の上部まで移動させると、一つずつ洗濯ばさみを摘んで、そこに留められていた洗濯物を落とした。洗濯物の上に洗濯物が降る。

洗濯物をすべて取り込んでから畳み始めた。

母ちゃんの靴下を二枚合わせて丸めた時、急に不安になって立ち上がった。ダイニングの鞄からノートを取り出して、洗濯物の前に戻った。あぐらを搔きノートを広げる。

そこには予想した母ちゃんとの会話が書かれていた。父ちゃんたちのアパートから戻る電車内で考えてメモしたものだ。

昨日競艇場から母ちゃんに電話した時は、予定通りの会話にならず焦《あせ》った。嘘を吐く時は、もっと緻密《ちみつ》に物語を作っておかなくてはいけないと知った。

何度も書き直して練り上げた貴弘との二日間のアリバイに、今一度目を通す。銜えていたあずきバーを口から離して手に持ち、目を瞑《つむ》った。それから暗記した物語を呟く。完璧に覚えたことを確認して一つ頷いた。

貴弘は嘘が上手い。天才的だった。あれは学校帰りに貴弘とパン屋に寄り道した日だった。部活がない日には、そうやって貴弘と過ごすことが多かった。パン屋から出て歩いていると、貴弘の家の前にタクシーが停まっているのが見えた。貴弘は突然僕の腕を摑むと「俺はバスケ部だからな」と言った。僕は聞き返したが貴弘は答えず、タクシーに向かって進んだ。そのタクシーから女の人が降りた。大きなサングラスを掛けていた。その人は「お帰り」と言い、貴弘は「ただいま」と答えた。それは貴弘の母ちゃんだった。貴弘の母ちゃんは「お友達?」と聞いてきて、貴弘は僕を紹介した。俺と同じバスケ部の守だと。貴弘はバスケ部ではない。部活にはなにも入っていないのに、さらっと嘘を吐いた。貴弘の母ちゃんが「練習だったの?」と言うと、「そう。今日も疲れたよな?」と貴弘は僕に話し掛けてきた。僕は軽いパニックを起こしながら二度頷いた。翌日貴弘から聞いた話では、声楽家の母ちゃんはリサイタルに出るため外国に行っていることが多く、日本には滅多《めった》にいないらしい。一緒にタクシーに乗っていたのが貴弘の父ちゃんで、母ちゃんのマネージャーをしているから、やっぱり日本にはいないことが多いという。小さい頃からやらされていたピアノやバイオリンのレッスンを止める理由が必要で、スポーツに夢中ということにしたと言っていた。バスケットボールはなんとなく思い付いたからだそうだ。そうした貴弘の嘘に、お手伝いさんは合わせてくれるので全然楽勝だという。簡単そうに嘘を吐ける貴弘がなんだか大人に思えた。

母ちゃんの洗濯物は部屋の隅に重ねて、自分のを部屋に運ぶ。

玄関に一番近いのが僕の部屋だった。元々は姉ちゃんの部屋だったこの六畳には、窓がない。左に押入れがあり、その隣にはジッパーで扉を開閉するビニール製の洋服簞笥《だんす》があった。部屋の右隅には勉強机があり、その横には机と同じ高さの扇風機が置いてある。

足の親指で扇風機のスイッチを押したが動かない。もう一度押してオフにしてから、また親指でスイッチを押した。それでも動き出さなくて、扇風機の頭を手でぴしゃりと叩く。ふとコードの先を見ると、プラグがコンセントに入っていなかった。「なんだよ」と呟いてプラグを差し込む。回り出した羽根の前に顔を近付け、風を思いっきり浴びた。

それから宿題のドリル帳を机に広げたけど、全然集中できなくてすぐに止めた。漫画雑誌と机の時計を交互に見ながら時々深呼吸をして、落ち着けと自分に言い聞かせた。

ガチャ。玄関ドアのロックが外れた音がした。

午後五時五分。

僕は一気に緊張して漫画雑誌を閉じる。急いで立ち上がり漫画雑誌を本棚に戻した。机に戻りドリル帳を広げる。

背後から母ちゃんの声がした。「ただいま」

首だけ捻って「お帰り」と僕は答えた。

部屋の出入り口に立つ母ちゃんが不思議そうな顔をした。「なにしてんの？」

「なにって勉強。宿題のドリルだよ」

「あらまぁ感心だこと。別荘はどうだった？」

「楽しかったよ」

「そう。それは良かった。お腹空いてる？」

「あぁ……えっと、うん。そんなでもないかな」僕は答える。

「なによ。空いてるの？　空いてないの？」

「あずきバー食べたから。夕飯が遅くなっても大丈夫だよ」

「そう」と言うと母ちゃんは去って行った。

　夕飯ができたと言う母ちゃんの声が聞こえてきたのは、午後六時半だった。

　僕は胸に手を当て深呼吸をしてから部屋を出る。ダイニングテーブルに並んでいる皿を、僕は両手に持った。それを茶の間の卓に運ぶ。

　それから何往復かしてすべてを運び終わると、僕と母ちゃんはいつものように向かい合って座った。

　左方向の壁の前にテレビがある。男性アナウンサーがニュースを読んでいる。

「昨夜はなにを食べたの？」母ちゃんが聞いてきた。

「カレーライス」

「二人で作ったの？」

「違う。別荘の近くの店で食べたんだ」

「そう。お小遣《こづか》い足りたの？」

「うん」僕は頷いた。

「中学二年生の男の子二人はなにを喋《しゃべ》るの？」

「えっ？」

「お母さんは女だから、男の子二人はいったいなにを喋るんだろうと思って」

「なにって……色々だよ」

「色々かぁ。あらこれ、チンが足りないわね。もうちょっと温めるわ」

　春頃に初めて電子レンジを買った母ちゃんは、世界で一番の発明品だと言って、とても気に入っている。「チンすればいいのよ」とか「チンできないんじゃダメね」とよく口にする。

　母ちゃんがジャガイモと挽き肉の煮物の大皿を持って立ち上がった。

　僕はテレビに顔を向けた。

　冷凍庫の製氷皿で作るシャーベットの紹介をしている。

「お待たせ」と言って母ちゃんが大皿を卓に置いた。「昨日はお祭りだって言ってたけど、雨降ってなかったの？」

「…………」白飯を呑み込んだ。

「昨日このテレビでやってたのよ。たまたまG町から中継してて、天気予報の人傘さしてたわ」

マズい。僕の心臓は飛び跳ねた。天気の話になるとは思わなかった。どうしよう。どうやったら辻褄《つじつま》を合わせられるんだろう。貴弘のような嘘の才能があったらいいのに。落ち着け。落ち着け。まだバレたわけじゃない。上手く取り繕《つくろ》うんだ。貴弘の別荘に行ってなかったら、どこに行ったのかということになってしまう。それはダメだ。もしかすると……最初っから、父ちゃんと姉ちゃんに会いに行くと言っていたら、こんなに苦しい思いをしなくて済んだのかな。いや、やっぱり母ちゃんにそんなこと僕は言えなかった。僕は凄く酷《ひど》いことを母ちゃんにしたのかな。焦っているのと同時に哀しいのはなんでかな。あー。どうしよう。なんで昨日に限って中継なんてしたんだよ。参ったなぁ。早くなにか言わないと。なにかあるんじゃないかと母ちゃんに疑われてしまう。

僕はスプーンでジャガイモを掬《すく》った。それを自分の小皿に取り、スプーンを大皿に戻す。

「別荘の近くじゃ降ってなかったよ」僕は大きめのジャガイモを口に入れて、ほとんど噛《か》まずに呑み下そうとした。

「ぐっ」僕は苦しくなって胸を叩く。

「ちょっと大丈夫？」と母ちゃんが心配そうな声を上げた。

涙で滲《にじ》んでぼやけた母ちゃんの顔を見ているうち、いっそこのまま自分の息を止められたら楽になるという考えが浮かぶ。

でもその考えは一瞬で、すぐに僕は湯呑みの茶を喉《のど》に流し込んだ。

しばらくしてぎゅるっと胃が動いた気がした直後に、息が一気に楽になった。

思わず「ふうっ」と息を吐き出した。

母ちゃんが笑いながら言った。「そんなに慌《あわ》てて食べなくたってたくさんあるのに」

「うん」

「急いで食べるのは身体に良くないのよ。ちゃんとゆっくり噛んで少しずつ食べるのがいいの」

「わかった」

母ちゃんは味噌汁の椀を持ち上げると口を付けた。それから顔をテレビに向けた。

僕はキュウリに箸を伸ばした。ゆっくり食べながら母ちゃんの様子を窺う。

母ちゃんは画面に映し出される火事の様子に夢中になっている。

これで別荘の話は終わったのだろうか。もう母ちゃんに嘘を吐かなくて済むのか？ どれもいつものメニューなのに、味が全然わからないのは何故《なぜ》だろう。

昭和57年（1982）

ドアを開けた。

台所のテーブルに姉ちゃんが着いていた。

「守？」と姉ちゃんが高い声で言い「外で会ったらわからないかも」と続けた。「背伸びたね。顔も感じが随分《ずいぶん》違うよ」

「そう？　姉ちゃんだって三年前より大分感じが違ってるよ」

「どんな風に？」

「どんなって……大人の女の人っぽいよ」

「大人の女の人ってどういうのよ？」

「わかんないけど」

「なにそれ」と言って姉ちゃんが笑った。

夏休みに父ちゃんと姉ちゃんのアパートを訪ねた日から三年が経っていた。先月父ちゃんから三年ぶりに電話があって、米の旨い土地に引っ越したと言われた。遊びに来いよと誘われて、僕はまた母ちゃんに友達のところに泊まると嘘を吐いてやって来た。

アパートは東京から電車を乗り継いで五時間のところにあった。昨日自宅近くの本屋の地図で場所を確認すると、同じ町に競馬場があるようだった。

姉ちゃんの向かいに座り「父ちゃんは？」と聞くと、「さぁ」と首を捻る。

「昨夜帰って来てからどっかに行ったのか、昨夜から帰ってないのかわかんない。でも今日守が来るっていうのはわかっていたから、そのうち戻ると思う」姉ちゃんが断言した。

「ゴールデンウイークだけど仕事とか、そういうんじゃないんだ？」

「父ちゃんが？　仕事はしてないね」

「姉ちゃんも？」

「うん」

「それじゃ、三年前のように姉ちゃんが賭け将棋して、それで儲けた金で暮らしてるの？」

「そうだね」姉ちゃんが頷く。

「…………」

「ミャア」と鳴き声がして僕は飛び上がった。

姉ちゃんの足元に黒い猫がいた。

その猫を姉ちゃんが抱き上げた。「どうしたの？　猫ダメだったっけ？」

「猫を飼ってるって聞いてたら来なかったよ。嫌いなんだよ、猫。勝手だろ、ペットのくせに我儘《わがまま》だしさ。それに不真面目だろ、なんとなく」

「そこまで言う？　ただの猫じゃん。近くの公園に捨てられてたんだよね。段ボール箱に入れられててさ。クロっていうの」

クロが前足をテーブルに向けて伸ばした。

その先には味噌汁の入った椀があり、千切《ちぎ》られたトーストが突き刺さるように入れられていた。

姉ちゃんが猫の前足を押さえた。「これはダメ。私のだから」

僕は台所の隣の部屋に目を向けた。

六畳の部屋の襖は開け放たれていて、散らかっている様子が見える。新聞紙が一メートルぐらいの高さまで大量に積み重ねられている。なにかが詰まっている紙袋は十個以上あった。

消防車のサイレンが聞こえてきた。その音はどんどん大きくなり、通り過ぎるかと思ったらすぐ近くで停まった。

僕は隣の部屋に入り隙間《すきま》を縫《ぬ》うように進む。最奥の窓から外を眺めた。

二つ隣の路地に消防車が停まっているが、その周囲に火事現場らしきものは見当たらない。野次馬がそこここに立ち消防車を窺っている。

「手を握っててやろうか？」と姉ちゃんの声がすぐ隣から聞こえてきて、僕は左に顔を向けた。

「なに？」

「昔二人で家にいた時、こんな風に消防車が近くに停まった時があったじゃん。その時、姉ちゃん怖いよおって半べそでさ。しょうがないから手を握ってやったんだよ。そうしたらぎゅうっと握り返してきて、痛いから手を離そうとしたんだけど離してくれなくってさ。覚えてる？」

「覚えてないよ。姉ちゃんの創作じゃないの、それ」

「創作なんてしないよ。恥ずかしいから覚えてないってことにしてんじゃないの？」

「違うよ」僕は否定した。「本当に覚えてない。本当かどうかも怪《あや》しいと思ってる」

「おかしいね。いつもは大体私が忘れていて、守が細かいことを覚えているのに」

「………」

「守が子どもで、私も子どもだった頃があったんだよね。そういうの永遠に続くような気がしてたけど、違ったね」

「そうだね」

「守は高校生？」

「二年」僕は答える。

「学校は楽しい？」

「楽しいっていうか」首を捻った。「楽しいのかな？」

「なによそれ」

「受験のこととか考えると、どうしたらいいのかって迷うことが多くてさ」

「迷うんだ？」姉ちゃんが目を見開いた。

「そう、迷うんだよ。姉ちゃんは迷わないんだろうけど、普通は進路について迷うんだ。母ちゃんは大学に行ってくれって言うんだけど、大学でなにをしたいのか見えてないし。私立は金が大変で無理だから国公立にするにしてもさ、どの大学を志望するのか、学部はどうするのかとかさ、就職の時に有利なところにした方がいいのかとか迷い出したらもう、本当にどうしたらいいか……なにが僕に向いているのかもわかってないしね。僕はさ、どの教科も同じくらいの成績なんだよ。苦手な教科でもあれば選択肢が減って、もう少し迷いが少なくなるのにって思う」

「守はなにが好きなのよ?」

「えっ?」

「好きなこと。なにが好きなの?」

「……なにかな。これといって好きなことはないかも」

目を丸くした後真剣な表情で「それは可哀相《かわいそう》だね」と言った。

カチンときた。可哀相なのか、僕は? 違う。可哀相なのはそっちだ。賭け将棋で生活してるんだからね。いつまで続けるつもりだよ。僕の方が何倍も、いや何万倍も将来について考えてる。だからこそ迷うんだ。僕は姉ちゃんや父ちゃんのようにはならないよ、絶対にね。ちゃんとしたところに就職して、ちゃんとした生活を送る。その中で僕に光が当たる時がくるさ。僕にもなにか特別なものがあるって信じてるし。それはちゃんとした生活を送る中で見つけられるって思ってる。それがなんなのかヒントがあれば、志望校を決め易《やす》いんだけど。

しばらくして消防署員らしき人が、拡声器でぼやがあったが鎮火《ちんか》したと近隣に告げた。

僕らは部屋を出る。

クロがテーブルの椀に顔をうずめて食べていた。

「やられた」と姉ちゃんが呟いた。

姉ちゃんはクロをそのままにして元の席に座った。それから背後の棚に積んであった新聞紙を床に広げる。棚の引き出しから爪切りを出し、片足を椅子に引き上げると、足の指の爪を切り始めた。

クロが「ミャア」とひと鳴きして、僕にその冷たい目を向けてきた。それから突然床に跳び下りた。流しの下に陣取ると毛繕《けづくろ》いを始める。

クロがいるのは扉の前で、取っ手には床屋の名前が入ったタオルが掛かっている。

僕は姉ちゃんの向かいに再び着いた。「父ちゃんから突然電話貰ったんだけど、なんの用事かわかる？」

「わからない」

「全然？」

「全然」左足を下ろし右足を引き上げた。「父ちゃんに聞いてよ。あっ、そういえば」

「そういえば？」僕は繰り返した。

「桜が綺麗なんだよ。土手伝いに桜が並んでるところがあって。ここら辺だと桜は今ぐらいに咲くんだけど、去年その桜を見た時、守にこの桜を見せてやりたいとか言ってたから、それでかも」

「東京でも桜は咲くんだけど」

「だろうけどさ」

僕の高校では四月にマラソン大会がある。一年生は十キロ、二年生は十五キロ、三年生は二十キロを走る。コース内に桜並木があり、僕は先月桜を見ながら十五キロを走ったばかりだ。

姉ちゃんが足の指で新聞の端を挟むと二つに折り畳んだ。さらに器用に足の指で半分に折る。そして爪切りを引き出しに戻した。

僕は聞いた。「爪切り終わり？」

「うん」

「なんとなく見てたんだけど、あと三本の爪切ってないよね？」

「飽きた」

「あと三本じゃないか。一分も掛かんないだろ」僕は言った。

「もう無理。いいんだよ、また気が向いた時にするから」

「あとちょっとなのに？　飽きるの早過ぎるでしょ」

「いいんだって」

「中途半端なままでいいんだ？」呆《あき》れて僕は確認する。

「うん。なんか守、母ちゃんみたい。あとちょっとじゃない、どうしてよってよく言われたな、母ちゃんに。守と母ちゃんは元々似てたけど、一緒に暮らしてるうちにもっと似たのかね？」

「………」

「母ちゃんは元気？」

「元気だよ。最近は夜勤が身体に堪《こた》えるとかよく言うけど、仕事頑張ってるみたいだし、家のこともちゃんとやってくれるし、毎日朝早くに僕の弁当を二つ作ってもくれる」

「二つ？」

「朝練の後に食べるのと、昼に食べるので二つ」僕は説明する。

「バスケットボール部の朝練？」

「違う。高校では陸上部に入ったんだ」

「そうなんだ。競技は？」

「中距離」

　高校にバスケットボール部はあったが、どうしようかと迷っていた。そんな時、陸上部の顧問をしている担任から見学に来ないかと誘われた。黙々《もくもく》と走っている先輩たちがなぜか楽しそうに見えて、入部を決めた。短距離でも長距離でもなく中距離にしたのは、担任が向いていると言ったからだった。

ドアが開く音がした。

振り返ると父ちゃんがいた。

大きな襟《えり》付《つ》きの長袖《ながそで》のシャツを着て、両手に二つの紙袋を抱えている。

「来てたか」と父ちゃんは明るく言い「消防車来てたろ」と続けた。「松井《まつい》さんていうお婆ちゃんの家だってさ。電気ストーブを倒しちゃって座布団が燃えたって。年寄りっていうのはこんな日でも寒いのかね。消防車が来た時には、近所の人たちで火を消し終わってたってさ。ま、大事にならなくて良かったよな」

「知り合いだったの？」僕は聞いた。

「いや、俺は知らない。パチンコ屋を出たところでサイレンが聞こえてさ、どうしたんだろうと思ってたら野次馬の中に知り合いを見つけたもんで、その人から聞いただけだ。その人はそのお婆ちゃんをよく知ってるようだったがな」紙袋をテーブルに置いた。「今日は調子が良くてな、まぁ出るわ出るわで、土産《みやげ》だ」

紙袋を覗くと、ピースの缶や菓子や石鹼《せっけん》など雑多な物が入っていた。

父ちゃんは紙袋からピースの缶を取り出すと、流しの上の棚に載せた。

姉ちゃんが紙袋の中に手を突っ込み、パイナップルの缶詰を持ち上げる。それを姉ちゃんは父ちゃんに向かって投げた。

父ちゃんは受け取ると、流しの下の戸を開けてそこに置いた。父ちゃんが振り返ると、また姉ちゃんが缶詰を放る。それを何度か繰り返した。

また振り返った父ちゃんに、姉ちゃんがホワイト石鹼の箱を見せる。

すると父ちゃんは、右の壁の前にドタドタと足音をさせて移動した。そして片膝《ひざ》を立てた。

姉ちゃんがホワイト石鹼をさっきより高く放り投げる。

父ちゃんは両手で受け取り、小さな棚の中に積み重ねた。

姉ちゃんがもう一つの袋に手を入れる。

そうして引っ張り出したのは、薄紫色の袋に入った菓子だった。

「違うよ」と姉ちゃんが言った。

「違うのか?」父ちゃんが立ち上がった。

「ルマンドじゃなくてホワイトロリータだよ、私が好きなのは」

「白くてねじってあるやつか?」

「そうだよ。何度も言ったよ。どうしていっつもこっちと間違うのさ」

「なんでだろうな」首を捻る。「なんだかんだ言っても食うだろ、それを。それであぁ、この前りか子が食ってたやつだったなと、思うんじゃないかな。旨いだろ、それも」

「美味《おい》しくても、ホワイトロリータの方が私は好きなんだよ。掌にホワイトロリータと書いてからパチンコに行ってよ」

「あぁ、そうすりゃ間違えねぇな。頭いいな」父ちゃんは僕に向かって「姉ちゃんは頭いいな」と言った。

父ちゃんが行こうと言い出して、近所にあるという定食屋に向かうことになった。アパートの向かいではマンションが建設中で、金色の門扉《もんぴ》が輝いていた。真っ直ぐな坂道を下った先に駅がある。狭いその道をひっきりなしに自動車が通る。その多くが高級外車だった。

カラリと晴れているのだけど風が少し冷たくて、僕はパーカーを羽織《はお》った。午後一時を過ぎたばかりだった。

前を歩いていた父ちゃんが振り返って言った。「母ちゃんは相変わらずご立派か？」

「そうだね、立派だね」僕は答える。

「そうか。守はどうだ？」

「僕は……普通の高校生をしてるよ」

「普通の高校生か」面白そうな表情を浮かべる。「そりゃあいいなぁ。普通の高校生かぁ。憧《あこが》れちゃうなぁ」

「なに言ってんだよ」口を尖《とが》らせた。

「いいよ、実にいい」と父ちゃんは機嫌良さそうに繰り返して顔を前に戻した。

定食屋は混んでいて、席が空くまでしばらく待った後カウンターに並んで座った。カウンターの左端には、赤い座布団に座った招き猫の置物が飾られている。その横の壁には、雪山のイラストが描かれたペナントが三つ貼られていて、それぞれの雪山の形が微妙に違っていた。

父ちゃんと僕はミックスフライ定食を、姉ちゃんは豚肉の生姜《しょうが》焼き定食を注文した。

父ちゃんがカウンターの中で調理中の男性店主に説明し出す。「これ、息子。普通の高校生。普通の息子がいるんだよね、俺。いいでしょ」

「いいですね」と店主が相槌《あいづち》を打つ。

「普通の息子がミックスフライ定食が食べたいって言うからさ、俺も同じものにした」

「とびっきりのを作りますよ」愛想笑いを浮かべて店主が言う。

普通普通言うな。そうやって僕をからかって面白がるなんて、いくつだよ。母ちゃんのことをご立派かって聞くのも止めて欲しい。「ご」を付けて小馬鹿にしてんだろ。母ちゃんは立派だよ、父ちゃんや姉ちゃんの何万倍もね。一生懸命働いてる。母ちゃんを見てると大人は大変だって思う。だから大人になるのがちょっと嫌だと思うこともあるけど、多分そういうもんなんだろう。そうやって一生懸命頑張ってる母ちゃんにまた嘘を吐いて、なんで父ちゃんの呼び出しに応じてしまったのか……来なけりゃ良かった。僕が父ちゃんと姉ちゃんに会っていると知ったら、母ちゃんはきっと傷つく。そうなった時を想像しただけで胸が痛くなる。

十五分ほどして僕らの前に注文した品が並んだ。

中央の海老《えび》フライにだけタルタルソースが掛かっている。その脇をコロッケと牡蠣《かき》フライとアジフライが固め、山盛りのキャベツの千切りが皿の左にあった。さらに豆腐の味噌汁とキュウリの漬物とポテトサラダと白飯が、トレーに隙間なく並んでいる。

僕はコロッケにソースを掛けて口に運んだ。

ふと今年の新年会のことを思い出した。母ちゃんが働いている病院で恒例になっているものだった。病院の研修室で開かれて、参加者全員に院長からお年玉が配《くば》られる。年齢に関係なく一万円が貰えるので、僕は喜んで参加する。そこでは海老フライやコロッケなどの料理が大皿にたくさん並んだ。何人もの看護婦さんたちから「お弁当一つじゃ足りないんだから、守君はたくさん食べなさい」と言われて、凄く恥ずかしかった。「陸上部はどう?」と聞いてくる人もいて、僕の部活まで知られているのも恥ずかしかった。それに僕のどんなことを同僚に喋っているんだろうと不安になった。家での母ちゃんと、新年会の時の母ちゃんはちょっと違う。それまでもそう感じていたが、その時は特に強く感じた。家にいる時の母ちゃんは、いつも大抵疲れたような顔をしている。少し辛そうにも見える。でも新年会でほかの看護婦さんや医者たちと話している時には、しゃきっとしている。仕事中ではないのに、自信があって堂々としているようだった。それに活《い》き活きとして見えた。本物の母ちゃんはどっちなんだろうと思った。

コロッケもアジフライも普通だったが、白飯は滅茶苦茶旨かった。

白飯が旨いと言うと、父ちゃんはまるで自分が褒められたかのように喜んだ。

定食屋を出て、桜が見事だという土手を目指すことになった。

駅の南口から北口へと通り抜けると、左方向へ流れる人の波ができている。小さな子どもがいる家族連れや、僕と年が近そうな男女のグループなど大勢の人たちだ。

父ちゃんが「凄い人だな。迷子になんなよ」と楽しそうに言ってきた。

隣の姉ちゃんに目を向けると、もう面倒がっているような顔をしていた。

大通りを渡り、緩《ゆる》く右にカーブする道を進むとトンネルがあった。大勢の人の足音や話し声が反響して、その中は煩《うるさ》いほどだ。トンネルを抜けると土手沿いに咲く桜が目に入ってきた。それはずっと向こうまで続いている。雑草が茂る斜面に作られた階段で土手に上った。約三メートル幅の道の両脇に桜があった。そこを大勢の人が行き交う。また両脇の斜面にビニールシートを敷いて、花見をする人たちもたくさんいた。

ゆっくりと人の流れに乗って歩き、時折頭上の桜を見上げた。

しばらくして姉ちゃんの声がした。「父ちゃんがいない」

「えっ？」前方へ視線を向けて父ちゃんを捜す。「さっきまでいたのにな」

首を動かして前後左右を探ったが、黄土色《おうどいろ》のシャツを見つけられない。

姉ちゃんにどうするかと尋ねたら、横に出ようと言われたので土手から下りた。

斜面に立ち土手の桜を見上げながら姉ちゃんが言う。「ここからの方が桜をゆっくり眺《なが》められるじゃん」

「父ちゃんいる？」

「いや、どっかに消えたね。ま、いいよ別に。子どもじゃないんだし」斜面に座った。

姉ちゃんの隣に僕も座って桜を見上げた。「迷子になんなよと言っていた本人が迷子かよ」

「そうだねぇ」小さく笑った。「ずっと前、母ちゃんと三人で花見に行った時のこと覚えてる？」

「いや、覚えてない」

「母ちゃんがお弁当を作ってくれて、私と守と三人で花見に行ったんだよ、近所の公園に。お弁当を食べていたら突然父ちゃんがやって来てさ。捜したよーとかなんとか言ってて。母ちゃんに金くれって言い出して。競馬だか競輪だかに行きたいんだけど金がないからくれって。母ちゃんが金がないなら行くなって怒ってた。でも父ちゃんは父ちゃんだからさ、来月の小遣いを前借りしたいって言い出してたな。来月分も再来月分も、その次の月の分もお貸ししておりますが、未《いま》だにお返しいただいておりませんって、母ちゃん急に丁寧《ていねい》な口調になってさ。そこで父ちゃん止めときゃいいのに、俺の生き様に口出しするななんて言うから大喧嘩《おおげんか》になって。周りの花見客たちもお酒入ってるから、いいぞーやれーなんてけしかけるしで、大騒ぎになったんだよ」

「本当に？　僕全然覚えてないよ」

「守はね、いつもと一緒だったよ」

「いつもって？」

「そういう時にいつも守が取る態度ってこと。ただ固まってじっとしてた。息もしてないんじゃないかってぐらい」

「………」

「母ちゃんにとっても父ちゃんにとっても、離婚は一番いいことだったんだよ。母ちゃん今は毎日怒ってないでしょ？」

「うん。怒ってはいないね」僕は姉ちゃんを真っ直ぐ見た。「姉ちゃんは？　この前会った時姉ちゃんは幸せだって言ってたけど、今も？」

「そうだね」

「来年も五年後も、十年後も今みたいでいいの？」

「うん」

「本気で言ってる？　父ちゃんがギャンブルする金を姉ちゃんが将棋で稼ぐなんて、おかしいじゃん。姉ちゃんが父ちゃんの犠牲になってるよ」

「そんな風に考えたことなかったよ」

「少しは考えた方がいいよ」僕は主張した。「姉ちゃんの人生なんだからさ」

「人生なんて言葉を守から聞く日がくるとは思わなかったよ」

「茶化すなよ。ちゃんとしたプロを目指したら？」

「プロ？」

「プロの棋士《きし》を目指すんだよ。女流棋士。姉ちゃんだったらなれるよ、強いんだから。父ちゃんの面倒を姉ちゃんがみてやる必要なんてないんだし。本当なら父親がそういうことを考えるべきなんだよ。姉ちゃんの才能を生かせるようにさ」

姉ちゃんが上半身を後ろに倒して斜面に仰向《あおむ》けになった。首を少し反《そ》らせて土手の桜を仰ぎ見る。

風が吹いた。

桜の花びらが舞う。

姉ちゃんが花びらを取ろうとするように手を伸ばした。

姉ちゃんが口を開いた。「将棋をしたいと思った時に将棋をしたいんだよね。月曜は午後一時から、火曜は午前十時から対局ですとか言われても、その時将棋をしたいかどうかわからないからね。プロ棋士っていうのは決められた日時に対局をする人のことでしょ？　だったら私には無理だよ」

「そこはなんとかしろよ。勿体《もったい》ないじゃないか。せっかく才能があるのに。ちゃんとした正規の会に入って試験受けて、たくさん対局して昇級していって、プロになればいい。そういうことだったら、母ちゃんはきっと協力してくれるよ」

「…………」

「父ちゃんと一緒にいるのがいいの？」

「いいのかどうかはわからないけど、取り敢《あ》えず楽なんだよね。父ちゃんは私にがっかりしないから。私がこんなでも、そんなもんかって思ってるからさ。皆で暮らしていた頃は、母ちゃんをがっかりさせる毎日だったからさ、申し訳ないなぁって思ってた。だけど私はいろんなことができないんだよ。わかっててもできないんだよ。父ちゃんと母ちゃんが離婚したのは正解だったし、父ちゃんと私が母ちゃんと守から離れたのも、正解だったんだよ」姉ちゃんが言った。

「正解だったのかな？」

「そうだよ。考えてもご覧よ。守は父ちゃんと二人だけで暮らせる？　あんな人だよ。守は四六時中父ちゃんに腹を立ててなくちゃいけなくなるよ。母ちゃんと私だってそうだよ。母ちゃんが可哀相だよ。だから良かったんだよ、いろんなことが」

「そうかもしれないけど……聞いて欲しかったよ。守はどうしたい？　とか。せめて説明して欲しかった。するべきだよね、親として」

「守がまだ小さかったからじゃない？　守に理解できるように説明するのは難しかったんじゃない？」

「………」

それから三十分も経った頃父ちゃんがぬっと現れた。姿が見えないから、宇宙船にでも乗せられちまったのかと思ったぜと父ちゃんは冗談を言ったが、僕も姉ちゃんも無反応だったら「肩の力を抜いていこうや」と続けた。僕らは土手に戻り桜並木が終わる地点まで歩いた。

土手を下り住宅街を歩く。

家と家の隙間に寺が遠慮気味に建っている。そうした寺がいくつもあった。

父ちゃんが喋り出した。「冬はここら一帯雪で埋もれてな、凄いぞ、ここらの雪は。凶器が天から降ってくるようなもんだ。アパートの前の坂道なんか滑《すべ》り台のようでな、下りも上りも大変なんだ。ここはさ、人が住んじゃいけない場所なんだと思ったね。住んじゃいけない場所に住んでるこっちが悪いんだろうなとね。りか子なんかトイレットペーパーを買いに出て、遭難しかかったしな」

「そうだった」と姉ちゃんが頷いた。「私を捜そうとした父ちゃんも遭難したね」

「そうそう。あれは危なかったな。駅前で遭難するとは夢にも思わなかった。吹雪《ふぶ》いてて辺りがよく見えなくてな。一歩踏み出すだろ、そうするとずぶっと雪の中に沈むから、全然前に進めないんだ。通り掛かりの人が助けてくれたんだが、その人がいなかったら俺は雪だるまになってたろうな。春に雪解《ゆきど》けになってようやく発見って寸法だ。当のりか子はちゃっかり交番で眠ってたんだ」

雪国の苦労話を聞きながら歩き、駅前に戻ったのは午後四時だった。

父ちゃんが温泉に入ろうと言い出して、町営の銭湯に行くことになった。

それは大型スーパーの隣にあった。受付カウンターの横がラウンジのようになっていて、浴衣《ゆかた》姿の男女がくつろいでいる。マッサージチェアに座る人や、テーブルに弁当を広げて食べている人がいた。

姉ちゃんと別れて僕らは男湯の暖簾《のれん》をくぐった。脱衣所で服を脱ぎ籠《かご》の中に入れる。ガラスドアを横に引き開けると、浴室内には十人ほどがいた。僕と父ちゃんは離れた場所にある蛇口の前に座った。シャンプーをして身体を洗い湯に入る。ゆっくりと近づいてくる人がいるので顔を向けたら、父ちゃんだった。

僕の肩に腕を回して「すっかり大人の身体になったなぁ」と言った。

肩を回して父ちゃんの腕から逃《のが》れる。「変なこと言うなよ」

「彼女いるのか？」

「いない」

「そうなのか？」

「そうだよ」

「どうしてだ？」父ちゃんが不思議そうな顔をした。

「どうしてって、いないものはいないんだよ」

「おかしいだろ、それは。お前はちゃんとしてるし、顔だって悪くないんだから。身体だって一人前だ。ほかになにか問題でもあるのか？　父ちゃんに話してみろ。解決はできないかもしれないが、気持ちが楽になるかもしれないぞ」

「問題はないよ。だから本当だって。からむなよ」

本当は彼女っぽい子はいた。陸上部の子で長距離をしている。互いになにかを告げたわけではないのだけど、ふと気が付くと、その子が僕を見つめているということがよくあった。真面目に練習をする子で笑うと左頬にえくぼができる。その子と話をするのは楽しかった。でもクラスに一人浮いている子がいて、そっちも気になっている。人形のように綺麗な顔をしているのだけど、ちょっと変わっていて友達はいない。休み時間にいつも難しそうな本を読んでいる。成績はいいのだけど勉強が楽しそうではなく、別次元の疑問を胸に抱えているようなところがあった。地学の授業中先生からなにか質問はあるかと言われて、宇宙の中で人が存在する意味はなんですかと尋ねるような子だった。好きではないはずなのに、気が付くと僕はその子を目で追っていた。

湯に浸かっていた二人の男が同時に立ち上がった。

湯に波が立つ。

「僕になんの用事だったの？」父ちゃんに尋ねた。

「用事？」

「突然電話してきて来いって言ったから。なにか用事があったんじゃないの？」

「用事はない。守が元気かどうか知りたかっただけだ。守がまっとうに暮らしている話を聞くのが好きなんだ」

「…………」

「朝練だっけ？　毎日午前六時に起きて授業の前に走るんだろ？　すげぇよ。そんで勉強だ。昼飯食ってまた勉強すんだろ？　夕方まで勉強してまた走るってんだから。家に帰った後はどうすんだ？　少しはゆっくりできるのか？」

「テレビを見ることもあるけど、宿題やったりしないといけないからね」僕は答えた。

「まだ勉強するのか？　すげぇな。勉強が好きなのか？」

「好きじゃないよ。好きじゃないけどやらないと。そういうもんだから」

「お前のそういうところ尊敬する。守はちゃんと世の中と折り合いをつけてる。母ちゃんが願っていた通りの息子になったな」と言って父ちゃんが僕の頭をぽんぽんと叩いた。

　小学生の時宿題が出た。自分の名前の由来を親に聞いてくるようにというものだった。母ちゃんは台所で忙しそうにしていたので、ちゃぶ台でビールを飲んでいた父ちゃんに質問した。すると父ちゃんは本当は勝ち負けの勝という字でまさるか、攻《せ》めるという字でおさむにしようと考えていたと言った。そんな名前の息子がいたら、負ける気がしないからよと理由を説明した。でも母ちゃんが反対したのだと言う。ギャンブルがらみの名前には絶対にしないと言い、母ちゃんが何日も辞書を開いて選んだのが守の文字だったと教えてくれた。神仏が災《わざわ》いを取り除き、幸運をもたらしてくれる意味があると母ちゃんから聞いた父ちゃんは、神様仏様が守ってくれるなら最強だと思って賛成したと言った。姉ちゃんの名前は？　と聞いたら、父ちゃんは小声になって「俺の初恋の人の名前だ。誰にも言うなよ」と言ってウインクした。

僕は母ちゃんが願っていた通りの息子になったのだろうか。

僕は尋ねた。「父ちゃんは毎日なにしてんの？」

「そうねぇ、毎日機嫌良く過ごしてるよ」

「仕事は？」

「してない」

「する気ないの？」

「今日はないね」

「今日は？」僕は聞き返した。

「そう、今日は。明日どういう気持ちになるかはわからないからな」

「離婚してからずっと無職なんだよね？　この五年の間に働く気になったことは何回ぐらいあるの？」

「そうだなぁ」首を傾げて真剣な表情になった。「一回もない」

「…………」

「もう限界だ。のぼせた」

父ちゃんが立ち上がった。ゆっくり大股《おおまた》で歩いて浴室を出て行った。

父ちゃんがあんな父ちゃんで恥ずかしい。それに情けない。どうしてほかの父親のように働こうとしないのか。娘を使って稼いだ金でギャンブルするなんておかしいよ。父親失格なんだ。それなのに、真面目に頑張っている母ちゃんや僕よりも幸せそうに見えるのが癪《しゃく》に障《さわ》る。もっと遠慮して生きてろよ。こんなんですみませんと謝りながらひっそりと生きてろって。当たり前のことにすげぇななんて言ってないで、進路に迷っている僕に、ちゃんとしたアドバイスの一つでもしてみろっていうんだ。用もないのに時々思い出して連絡してくんな。父ちゃんと違って僕は結構忙しいんだから。中学生の時には気儘に生きてる父ちゃんと姉ちゃんを眩しく感じる気持ちが少しはあったけど、高校生の今はまったく違う目で見てるよ。しっかりしろよとどやしつけたい気分だね。

しばらく経ってから僕は立ち上がり湯船から出た。脱衣所に父ちゃんの姿はなかった。ラウンジを覗くと、父ちゃんと姉ちゃんは並んでマッサージ機に座っていた。僕がコーヒー牛乳を飲み終わると、父ちゃんの行き付けの店に行くことになった。

電器店と建具店の間にその店はあった。紫色の電飾看板に『あけみ』と店名が書かれていた。テーブル席が三つとカウンター席が四つのこぢんまりした店内には、紫色のカーペットが敷かれている。最奥にカラオケの機材があり、そのコーナーの天井にはミラーボールが下がっている。

父ちゃんはここでも「息子。普通の高校生」と、お絞《しぼ》りを持ってきた十代に見える女性店員に僕を紹介した。

メニューを探す僕に「食べたいものを言えばなんでも作ってくれるぞ」と父ちゃんは言い、「俺は白飯の上に納豆と刻んだザーサイにごま油をかけたのをのっけて」と注文した。姉ちゃんは「コンビーフとキャベツを炒めたのを、ご飯の上にのせてください」とオーダーした。

僕はなにも思いつかなくて困ってしまい俯《うつむ》いた。「なにも浮かばない」

「それじゃ」父ちゃんが口を開いた。「どっちも二人前にしてお前は両方食え」と言い、店員に向けて「二人前ずつね」と注文した後「それからビール早くね。喉渇《かわ》いちゃってさ。湯の郷清宮《きよみや》の帰りなんだよ」と説明した。

すぐに瓶ビール一本と、グラス三つがテーブルに並べられた。

父ちゃんがビールをグラスに注ぐ。

「僕高校生で未成年なんだけど」と告げた。

「知ってるぞ」と父ちゃんが頷いた。

「アルコールはダメなんだよ。法律で禁止されてる」僕は言った。

「そうなのか?」きょろきょろと頭を動かす。「大丈夫だ。オマワリはいないから」

「そうじゃなくて」うんざりして言った。「父親が未成年の息子にビールを勧めちゃマズイだろ」

「そうか? まぁそう硬いこと言うなよ。ほら、旨いぞ。汗を掻いた後のビールは格別だからな」

「いらないって」僕は断った。

「なんだよ。いいから飲めって。お前がほんのちょっと法律違反したって、この国が亡《ほろ》びるってわけじゃないんだ。誰かの命を取るわけでもないんだしよ。四捨五入したら二十歳じゃねぇか。大体大人だよ。父ちゃんが許すって言ってんだしよ」

「しつこいな。いらないって」

「しつこいってのはなんだよ。それが父親に言う言葉か?」

「父親らしいことなんて一切してない癖《くせ》によく言うよ」勢いに任せて言葉を繰り出した。

「そうやって父ちゃんは生きていくんだよね。法律とか常識とか、そういうの無視して好き勝手してるんだ。恥ずかしくないのかよ。娘に賭け将棋させてその金でギャンブルしてるんだろ。娘の稼ぎをあてにするような父親なんて最低じゃないか。もっとちゃんとしろよ。病気だとかそういう理由もなく、ただ面倒だからって働こうとしない父ちゃんを、僕は軽蔑してるよ。僕は憧れたかったよ、父親にはね」

僕が口を閉じるとテーブルは静かになった。

姉ちゃんが自分の前に置かれたグラスに手を伸ばし、ビールを飲んだ。喉を鳴らして半分ほどを飲むと、グラスをトンとテーブルに戻した。

しばらくして父ちゃんが口を開いた。「肩の力を抜いていこうや」

そして右手を挙げると「ママー、カラオケの用意してー」とカウンター方向に向けて言った。

五十代ぐらいの厚化粧の女性店員が「オッケー」と答え「豪《ごう》ちゃんなにする?」と聞いた。

「そうだな。あれだ、『二人でお酒を』にして」

「あいよ」女性店員はカウンターを出てカラオケ機材の方に歩き出す。

料理が運ばれてきた。

すぐに曲が聞こえてきて、父ちゃんは立ち上がりながらビールを飲みテーブルから離れて行った。

父ちゃんが歌い出す。

姉ちゃんが茶碗を持ち食べ始めた。

つられて箸を握ったものの、父ちゃんに言ってやったとの興奮状態が抜け切らず、僕は目の前の茶碗をひたすら見つめる。

「飲まないなら貰うよ」と姉ちゃんが言って、僕の前のグラスに手を伸ばした。

グラスを傾ける姉ちゃんを僕は眺めた。


父ちゃんたちのアパートに一泊した僕が、自宅の最寄り駅に戻ったのは午後四時だった。疲れている気もしたけど、そのまますぐに自宅に向かうのもなんだか嫌で、駅前のスーパーに入った。

重い鞄をエスカレーターのステップに載せた。七階に着くとフロアを真っ直ぐ進む。左方向に広がる本屋に足を踏み入れた。雑誌の棚の前を過ぎ店の奥へ歩く。

足を止めたのは受験関係の本が並ぶ棚だった。高校二年生になってから、この棚の前で立ち読みすることが増えていた。

どういうきっかけがあったら将来を決められるのか——。父ちゃんや姉ちゃんのようにはなりたくなかったら、ちゃんとした大学へ進学するべきなのだろう。それははっきりしているけど、専攻を決められない。どの教科にも同じくらいの興味しかなかった。そもそも普通の大学生になれるのか、なっていいのかさえわからない。大学生の自分も想像できないけど、高卒で働く自分はもっと想像できない。

二十分が経った。

本を戻して棚から離れた。雑誌の棚まで移動して一冊を手に取る。パラパラと捲ってふと顔を右に向けた。

田中陽子《たなかようこ》がいた。本屋の前の通路に立っていて、隣の男と楽しそうに話している。陽子は陸上部で長距離をやっている。いつもは束《たば》ねている髪を下ろしているせいか、普段より随分大人びていた。隣の男は大学生風で、肩に掛けている鞄からはテニスラケットのグリップが覗いている。背が高く、小柄な陽子の話を聞くためなのか少し前屈《まえかが》みになっていた。

僕は雑誌に目を戻した。そしてページを捲る。でも中身は全然頭に入ってこなくて、また顔を右に捻った。

陽子が笑いながら男のトレーナーの袖口近くを摘み、それを左右に振った。それに合わせて陽子自身の身体も左右に揺れる。

男は反対の手で自分の髪をさっとかき上げた。

二人は付き合っているのか？　陽子の彼なのか？　だったら僕はなんだ？　どうして部活の時いつも僕を見つめていたんだ？

先月の記録会の時だってそうだった。僕は自分の走りを終えて、トラックから少し離れた位置に座っていた。そこから走るほかの部員たちに声援を送っていた。そのうちふわっといい匂いがした。なんだろうと顔を右に向けると、陽子が僕の隣にいた。陽子は尻を地面には付けず、自分の膝を抱えるように身体を丸めていて、その顔はトラックに向いていた。僕は一気に落ち着かなくなり、話し掛けた方がいいのか、それとも気が付かないことにして、向こうから話し掛けられるのを待った方がいいのか、悩みまくった。次第に息が苦しくなっていって、もう耐えられないと思い始めた頃、陽子が突然言った。「十秒速くなったね」と。なにを言っているのかわからなかった。しばらくしてようやく理解した。陽子は僕の記録を見て、前回より十秒速くなったと言っていたのだ。部員のタイムは移動式のボードに貼られた紙にどんどん書かれていく。それで僕のタイムを知ったのだろう。わかった途端嬉しくて顔がにやけそうになった。十秒速くなった今回のタイムでも、記録としては平凡だった。でも僕にとっては凄いことで、それを陽子はちゃんと見ててくれた。誇らしい気持ちになって陽子に顔を向けた。でも陽子と目が合った途端、なにをどうしたらいいのかわからなくなって、気が付いたら「うん。十秒」とだけ僕は答えていた。僕の頭の中ではそれから二人の会話は弾《はず》んでいったけど、実際は互いに黙っているだけだった。またふわっといい匂いがしたと思ったら、陽子が立ち上がっていた。歩き出した陽子に僕は慌てて声を掛けた。「田中も頑張れよ」と僕が言うと、陽子は「うん」と答えてそのままスタート地点の方向へ歩いて行った。

大学生風の男が陽子に手を振って、一人エスカレーターのある方へ歩き去った。陽子はその男を笑顔で見送る。すっと手を胸の辺りまで上げると、その手を左右に小さく揺らす。笑みがすっと消えた時、陽子が身体をこっちに向けた。

僕と真っ直ぐ目が合った。

一瞬驚いた表情をした陽子は、すぐに怒ったような顔つきに変わる。そしてつかつかと僕に近付いて来た。

「見てたの？」と陽子が聞いてきた。

「見てたっていうか、まぁ、うん」

「ちょっと来て」

歩き出した陽子の後に続いて店の外に出た。「なに？」

「学校の子たちには言わないで」

「えっ？」僕は目を丸くした。

「大学生と付き合っているとわかったら、色々聞いてくるでしょ、皆。そういうの私好きじゃないんだよね。だから」

「………」

「どうして黙ってんの？」

「えっと、今の田中の彼なの？」

「そう」陽子が頷く。

「いつから？」

「いつからって、付き合い始めたのが何月何日かって聞いてるの？」

「まぁ、そうだね」

「日付を聞いてどうするの？」

「どうするって……どうもしないけど最近なのかなって思って。それで」僕はもごもご答えた。

「初めてのデートは去年の十二月二十四日」

「去年……なんだ」

「えっ、なに？」

「いや、なんでもない」

「学校の子たちには黙っててくれる？」陽子が真っ直ぐ僕を見つめてきた。

「あぁ、うん」

「本当に？」

「うん」

「良かった」ほっとしたような顔をした。「私も立ち読みして行こっかな」

僕たちの横を親子連れが通り過ぎて、本屋の中に入っていく。

陽子はその親子に続いた。

僕は少しの間迷ってから陽子の後から本屋に戻った。

陽子は入ってすぐのところに積んである雑誌を一冊手に取った。

僕は陽子の背後を通り越して、さっきの場所に立った。雑誌を持ち上げページを捲る。

そこを見ているフリを精一杯しているけど、少し離れたところにいる陽子が気になってしょうがない。

大学生の彼ってどういうことだよ。付き合おうとかそういう言葉は言ってなかったけど、僕たちには特別な親密さがあると思っていた。ほぼ付き合っていると思ってた僕は間抜けなのか？　去年のクリスマスイブからっておかしいよ。そういう人ができたのに僕との関係は変わらないなんて、そんなの変だ。勘違いしてたのかな、僕は。貴弘だって「お前ら付き合ってんの？」と聞いてきたぐらいだったんだ。しょっちゅう目が合って、タイムを覚えていてくれても、僕のことを好きじゃないなんて、そんなことあるのか？　もうなんだか全然わからない。僕がもっと早くにはっきりさせておいたら——どうだったんだろう。陽子はあの大学生とは付き合わなかったのかな。胸がざわざわする。

男性客が僕の隣に立った。その男性客のせいで、陽子の姿はまったく見えなくなった。僕は雑誌を見ているフリをしたままただ立ち尽くす。

ふわっといい匂いがした途端、僕は身体を硬くした。僕の背後をいい匂いが通り過ぎていく。僕は雑誌をぐっと顔に近付けて夢中なフリをした。そして雑誌で顔を隠すようにして、匂いの元を盗み見る。

陽子の長い髪があった。それは柔らかそうで輝いていた。

昭和60年（1985）

姉ちゃんが自分の膝の上の両手をぐっと握り締めた。険《けわ》しい顔で将棋盤を睨む。姉ちゃんが珍しく圧《お》されていた。一時間前に始まった対局は、しばらくの間は互角の戦いが続いていたが、じわじわと姉ちゃんは攻められ続け形勢が悪くなっている。

僕の隣で観戦中の父ちゃんの顔にも動揺が見える。

貸しホールの一階の和室は三十畳あった。父ちゃんと姉ちゃんが今暮らしている関西の街にある将棋クラブが、毎週使用している部屋だという。

浪人せず国立大学に滑り込めた僕は、経済学部の二年生になった。夏休みはテニスサークルとバイトで忙しかったが、二日間を遣《や》り繰りし、父ちゃんと姉ちゃんが暮らしている街にやって来た。三年前僕が心を奮い立たせて生活を改めるよう意見したにも拘《かかわ》らず、二人は以前とは違う街で変わらぬ生活を続けている。

男が攻撃をかわすように角を動かした。そこには姉ちゃんの歩が置いてある。男は姉ちゃんのその歩を奪い、自分の角を裏返した。

これによって将棋盤に一つだけ赤い文字の駒が誕生した。

王将と金以外の駒は、相手の陣地に入るとその駒のパワーをアップすることができるが、今のように敵陣に一度置いた駒を動かした時も同様にパワーアップできる。こうした時には駒を裏返す。これを成《な》るという。成ると駒の動かせる場所が変わるので、あえて裏返さないという戦い方もあった。この将棋クラブで使っている駒の表には、黒い文字でその名前が書かれていて、裏には赤い文字で成った時の別の名前が書かれている。これとは違い、表裏が同じ黒い文字の駒を使う場合もある。

姉ちゃんは赤い文字で書かれたその竜馬《りゅうま》を撃退しようと、金を進める。

すると男は飛車《ひしゃ》を真っ直ぐ進めて、姉ちゃんの歩を奪った。

たちまち姉ちゃんが顔を歪《ゆが》めた。苛《いら》ついた表情で盤を睨む。

対局している二人の向こうには長卓があり、二人の男が席に着いている。一人が棋譜《きふ》と呼ばれる駒の動きを示す戦いの記録の作成を、もう一人がそれぞれの残り時間を知らせる時計のスイッチのオンオフを担当していた。

姉ちゃんは男の飛車を銀《ぎん》で奪った。

姉ちゃんの駒台には角と飛車という力の強い二枚の駒があって、男の駒台には一番力の弱い四枚の歩がある。でもこの一番弱い歩は、相手の陣地に入ればとても強いと金にパワーアップするので、侮《あなど》れない駒でもあった。

それから二人は次々と指していき対局は進んでいった。

時を置いて男が手を伸ばしたのは盤上の歩だった。歩を進めると、裏返してと金にする。

すると姉ちゃんは飛車を左に一つ動かす。

男は奪っていた歩を、姉ちゃんの陣地に打ってきた。

姉ちゃんがもう一つ持っていた飛車で、男の桂馬《けいま》を奪って裏返し竜王《りゅうおう》にした。

男がさっき打った歩を前に一つ動かして、その駒をと金にした。それから中指で自分の眼鏡《めがね》のブリッジを押し戻した。

男は三十代ぐらいで大きな黒縁の眼鏡をかけている。ダンガリーシャツにチノパン姿だった。対する姉ちゃんは、大き過ぎる白いセーターの袖を肘までたくし上げている。

男は歩をと金にパワーアップさせて、じわじわと攻めてきていて、その後も姉ちゃんが防戦に回る状況が続いた。

姉ちゃんが前屈みになって盤に顔を近付ける。しばらくそうしてから身体を戻すと腕を組んだ。それからじっと盤を睨みつける。そして男から奪っていた香車《きょうしゃ》を、敵陣の王将の隣に打って反撃に出た。

男は銀を斜め後ろに動かして守りを補強する。

姉ちゃんはさっき打った香車を進めて男の桂馬を奪い、駒を裏返して成香《なりきょう》にした。

僕と父ちゃんの周りには、二十人以上の将棋クラブのメンバーたちがいる。全員が男で固唾《かたず》を呑んで対局を見守っている。

僕には姉ちゃんが左端から少しずつ攻めの糸を繋《つな》げようとしているように思えた。でも男の反撃が厳しくて、戦況を有利にできずにいるといった風だった。

姉ちゃんが拳を口元にあてた。そうして盤を凝視《ぎょうし》する。しばらくして徐《おもむろ》に手を伸ばした。金を指で挟み、一旦持ち上げるようにしてからパチンと右隣に置いた。

男はすぐに竜馬を左に動かして更に攻めてきた。

姉ちゃんは香車を自陣の金の隣に置いて、守りを厚くして辛抱《しんぼう》する。

ふうっと小さなため息が聞こえてきて、僕は周囲を見回した。

見学者たちの誰が零《こぼ》した吐息なのかはわからなかった。

隣の父ちゃんに目が留まる。

父ちゃんは真っ青な顔をしていた。

男が姉ちゃんの香車を奪った。

姉ちゃんはお返しにその駒を金で奪う。

するとその男がその金の真ん前に香車を打って、取ってご覧と挑発する。

その挑発に姉ちゃんは乗らず、右に一つ逃げて守りを固めた。

男が途中で奪い返していた飛車を姉ちゃんの陣地の一番奥の列に打ってきた。

姉ちゃんの王将はまだ味方に守られているけど、男はさっき姉ちゃんの金の鼻先に置いた香車、飛車、竜馬を敵の陣地深くに置くことで、虎視眈々《こしたんたん》とチャンスを窺っているように思えた。

姉ちゃんの駒台には、角が一枚と桂馬が二枚に歩が一枚。男のほうは金が一枚と歩が二枚だった。

姉ちゃんが厳しい表情でじっと盤を見つめる。身体はどんどん前のめりになり、やがてぴたっと止まった。そうして盤に瞳を据《す》える。そのまま数分が経った後、急に上半身を戻して背中を真っ直ぐにすると、持ち駒の桂馬を自分の金の横に置いた。

男の顔に小さな笑みが浮かぶ。

どうしてここで男は笑ったのだろう。思い通りに指せているという余裕の笑みなのか？

確かに姉ちゃんは守り一辺倒になってはいる。でも姉ちゃんならまだまだ挽回《ばんかい》できるように思えた。

男が香車で姉ちゃんの桂馬を奪うと、姉ちゃんはお返しに金でその香車を奪った。更に男は持ち駒の金を姉ちゃんの陣地深くに打ってきて、姉ちゃんはその金の鼻先に歩を置いて堪《こら》えた。でも男は姉ちゃんの金を金で奪ってしまう。

それからも姉ちゃんの守りの時間が続いた。

この状態から、姉ちゃんはどうやって勝利への道を見つけるんだろうか?

男が姉ちゃんの銀を奪うため、竜馬を斜め後方へすっと引いた。

すぐさま姉ちゃんは右端にあった成香を一つ引く。

すると男が姉ちゃんの王将の斜め下に銀を打ってきた。

姉ちゃんは唇を嚙み盤を睨む。そしてそのまま動かなくなった。

僕は長卓へ目を向け残り時間を確認する。

時計によれば、姉ちゃんにはまだ五十分ほどの持ち時間があった。

これはちょっとマズい気がする。姉ちゃんの王将を守っていた強い駒は男に奪われてしまい、残っている駒はそれほど強力ではなかった。どちらかというとそうした強力ではない駒がそこにいることで、王将の動きを邪魔しているようにも見えてしまう。姉ちゃんは大丈夫だろうか。

姉ちゃんがすっと手を伸ばして自分の王将を摘み上げた。そして端に逃げる。

男は桂馬を打って王将の逃げ道を塞いだ。それから右横にあるポットに手を伸ばした。ポットを傾けカップにコーヒーを注ぐ。二本のシュガー袋を裂きカップに入れると、スプーンでゆっくり掻き回した。

その間に姉ちゃんの金が打たれ、男の歩が動いた。

男がコーヒーに口を付けた時、姉ちゃんが敵陣の右隅に角をパチンと打った。

これに対して男は銀を斜め左前方に動かした。

突然飛び込んできた姉ちゃんの角を、男は大事を取って受けたのだ。有利に運んでいて余裕があるからこその受けの一手だった。

僕は姉ちゃんの作戦を読もうと必死で考える。ずっと耐えてきた姉ちゃんが、突然角を打ったのはどうしてだったのか。

姉ちゃんが男の銀を狙う位置に桂馬を打った。

男は狙われた銀はそのままにして、歩で姉ちゃんの歩を取り王将に迫る攻めに出た。

すると姉ちゃんは人質状態になっていた男の銀を金で奪った。

この金を、男は竜馬で遠くから動かして手に入れる。

姉ちゃんは狙いを付けていた銀を桂馬で奪った。

気が付けば姉ちゃんの王手だった。

どこで形勢が逆転したのだろう。角がきっかけか。そうだ、あの角だ。僕には苦し紛れに打った一か八かの一手に思えたけど、あれは形勢を立て直す仕掛けだったんだ。戦況が優勢な男なら、攻めではなく角を受けてくるだろうと予測し、その一手で状況を変えられると姉ちゃんは踏んだのだろう。

父ちゃんに目を向けると、自分の顎《あご》を何度も擦っていて落ち着かない様子だった。

男は王将を右に動かして逃げた。

姉ちゃんは王将の隣で守っていた金を桂馬で奪って裏返して成桂《なりけい》にし、またもや王手。

男はこの駒を銀で奪ってピンチを凌《しの》ぐ。

すると姉ちゃんは銀を王将の斜め前に打って王手。

男はまた王将を動かして逃げる。

姉ちゃんは銀を打って、王将の逃げ道の一つを塞いだ。

男はこれを歩で奪って抵抗する。

姉ちゃんはこの歩をもう一つの銀で取って裏返して成銀《なりぎん》にし、王手を続けた。

男は王将を斜め後方へ引いて逃げに徹する。

姉ちゃんは竜王を斜め後ろに引いて、男の王将の封じ込めに掛かる。

男の王将は辛うじて斜め後ろに逃げた。

姉ちゃんは右隅で睨みを利かしていた角を動かして、竜馬にした。

男の顔が徐々に赤くなっていく。頰を膨らませた。そのまま五分ほどの時間が流れた後、男の全身から一気に力が抜けた。

男が頭を下げた。「負けました」

部屋がどよめいた。

姉ちゃんが勝った……劣勢を覆《くつがえ》し見事勝利を摑み取った。ちょっと僕は驚いてる。ここまで姉ちゃんを苦しめた相手がいたってことに。僕の目に涙が溜まり出していることにも。一時は姉ちゃんが劣勢になり、男の攻撃をひたすら耐えているだけに見えたけど、そうしている間も男が手を緩める機会を窺っていたのは流石《さすが》だった。やっぱ姉ちゃんは凄いわ。後半の畳み掛け方には迫力があったし。将棋なんてただのボードゲームだと思ってたけど……なんか、ちゃんと感動するもんなんだな。昔父ちゃんが、将棋にはその人の生き様が出ると言っていたけど——だとしたら今のが姉ちゃんの生き様なのか？　普段はこんなに辛抱強くないし、なんでもすぐに飽きちゃうんだけどな、姉ちゃんは。将棋の時だけは輝くんだな。それは……格好いいよな。

感想戦を拒否した姉ちゃんと、ほくほく顔の父ちゃんと貸しホールを出た。

途端に熱波に襲われる。夏の強い日差しが全身を突き刺してくる。

僕は暑さに一つ息を吐き姉ちゃんに尋ねる。「暑くないの？　そんなセーター着て」

「ん？」自分を見下ろした。「本当だ。セーター着てるね、私。気が付かなかったよ」

「どうして気付かないんだよ」

「将棋がしたくて目が覚めたんだよ。したくてしたくてしょうがなくてさ、父ちゃんを起こしたんだ。どうしても今すぐ将棋したいって言って。それじゃ将棋クラブに行こうってことになって、着替えたんだよ。たまたま近くにあったのがこれだったんじゃないかな」

「将棋がしたくて目が覚めたの？　目が覚めたら将棋がしたかったんじゃなくて？」

姉ちゃんが考えるように首を捻ってから言った。「違う。将棋がしたいほうが先だった。夢の中で、あぁ、将棋を指したいなぁって思って……そのうちなんで将棋を指せないんだろうと腹が立ってさ、そうか、寝てるからだって気が付いたんだよ。だから将棋がしたいほうが先だね」

「将棋ができて満足した？」

「そうだね。今日の相手は手強《てごわ》かったし楽しかったよ」

「相手が手強いと楽しいの？」

「楽しいよ。弱いの相手じゃちっとも面白くない。生きるか死ぬかのギリギリの戦いのほうが面白い」

二人が行き付けだという喫茶店に到着した。

国道沿いにあり、広い駐車場には十台以上の車が停まっていた。店内は広く、五人のウエイトレスが忙しそうに立ち働いている。その黄色の制服のスカートは異常なまでに丈が短かった。

僕たちのテーブルを通り過ぎた女性客に、父ちゃんが声を掛ける。「林《はやし》さん」

振り返った林さんはぺこりとお辞儀をした。「こんにちは。ちょうど良かったです。明日緊急集会があります。午後八時から朝日《あさひ》さんの二階なんですけど、小池さん来はります？」

「緊急ってなにかあったんですか？」父ちゃんが聞いた。

「ええ」顔を曇《くも》らせる。「突然役所の担当者が代わったんですよ。今度の人は市長の義理の弟なんです。これはやっぱり強引に決めようとしているからなんちゃうかと、皆心配してまして、こっちのやり方も変えへんとアカンかもしれないんで、その相談をすることになってます」

「そりゃ大変だ。よっしゃ。行きますよ。万障《ばんしよう》繰《く》り合わせてね。明日の八時ですね」

「朝日さんの二階」

「オッケー」親指と人差し指で丸を作ってみせた。

その人が去ると父ちゃんが僕に説明を始めた。「このすぐ近くによ、公園があるんだよ。その公園を潰してゴミ焼却場を作るってんで、反対運動してんだ。煙突をうんと高くするから、煙や臭いの影響はないなんて言いやがんだよ、役所のやつは。影響がないわけがないのによ。それで反対運動だ」

「父ちゃんたちがここに越してきてどれくらいだっけ？」と僕は聞いた。

「そうだなぁ、二年ぐらいだ」

「たった二年で随分と住民の人と深く関わってるんだね」

「まぁな」満更《まんざら》でもないといった顔で頷いた。

そう言えば父ちゃんは住民反対運動が好きだった。家族四人で暮らしていたアパートの隣に高層マンションができると知った時、住民たちは反対した。父ちゃんも反対した。そして建設会社の説明会に大勢で押し掛け、日照権が奪われると建設反対を主張した。小学校から帰る途中、塀に近所の人たちと一緒に横断幕を張る父ちゃんを見掛けたことがある。てきぱきと人に指示を出す様子は、初めて目にするものだった。それはギャンブルをしている時にだけ見せる真剣な姿とも違って、活き活きとしていた。当時小学生だった僕には事態をよく理解できていなかったが、今になると、父ちゃんは隣に高層マンションができることに腹を立てていたというよりも、祭りの準備に参加しているような感覚だったんじゃないだろうか。近所の人と共通の目的みたいなものをもって、その中にいるのが楽しかったんじゃないだろうか。結局反対運動の甲斐《かい》もなく隣に高層マンションは建てられることになり、その建設途中で父ちゃんは家を出て行った。その後高層マンションは建ち、すっかり洗濯物が乾かなくなったと母ちゃんが愚痴《ぐち》るようになった。その度に横断幕を張る父ちゃんの姿が頭に浮かんだものだったけど、いつの間にかそうしたこともなくなっていた。

がたっと音がした。

隣に目を向けると、姉ちゃんがテーブルに突っ伏して寝ていた。

「今日は食べる前なんだ」と僕は呟いて、父ちゃんの隣席に移動する。

ナポリタンにたっぷり粉チーズを振ってから、僕はフォークをくるくると回した。大きく口を開けて食べる。

父ちゃんが言った。「大学はどうだ？　楽しいか？」

「まぁ、高校よりは楽しいね。自由だから」

「大学は自由か？」

「そうだね」

「陸上はどうだ？　頑張ってるのか？」

「陸上部だったのは高校の話。今はテニス」

「テニスに替えたのか？」父ちゃんが驚いたような顔をした。「陸上はもうしないのか？」

「しない。大学生にもなって陸上なんてしないんだよ」

「そうなのか？」

「そうなんだよ。大学生でも陸上やってるのは本格的なやつらだけ。オリンピックを目指すようなね。僕みたいにたいした成績じゃないのは、もうやらないんだよ」

「それじゃテニスの成績はどうなんだ？」

「成績って……テニスっていってもサークルだからね。試合に出たりとか、そういうのじゃないんだよ。親睦《しんぼく》っていうか、交流っていうか、そういうのが目的なんだけど、なにもないとそういうの難しいから、一緒にテニスでもしませんかっていうサークルだから。そんなに真剣にやってないんだ」

父ちゃんが難しそうな顔をする。「陸上はやめてテニスも真剣にやってないなら、なにを頑張ってるんだ？」

「…………」

「勉強か？　確か——経済学部と言ってたな。経済っていうのは手強いぞ。それを勉強しようっていうんだから凄いよなぁ」

「……まぁ」

「バイトをしてるとか言ってたよな。勉強もバイトもじゃさらに大変だな。バイトはなにやってるんだ？」

「家庭教師」

いきなり僕の背中を叩いてきた。「格好いいじゃないか、おい」

ピザトーストを食べながら「家庭教師かよ」と父ちゃんは何度も繰り返した。

派遣センターから紹介されたのは、中学二年生の男の子だった。その子は九九ができない。掛け算ができないので数学のテストはいつも零点《れい》だった。家が金持ちなので週に二回家庭教師を雇う余裕がある。ただ九九は暗記するものなので、とにかく覚えてもらうしかない。でも、その子は覚えられない。毎回僕は九十分間「にさんが」とか「ごろく」とか、九九を出題するだけだった。

僕はテーブルのタバスコに手を伸ばした。瓶を三回振って蓋を閉めた。

父ちゃんが言った。「大学を出たら守は先生になるのか？」

「ならないよ」

「そうなのか？」

「家庭教師は、大学生ができるバイトの中で時給がいいほうだからやってるだけ。それも時給泥棒と言われてもしょうがないぐらい、なにもしてないし」

かになるからよ」

「彼女はできたか？」

「いや」僕は首を左右に振った。

「それは残念だな。忙し過ぎるんじゃないのか？　彼女はいたほうがいいぞ。人生が華《はな》やかになるからよ」

本当は彼女はいる。でもそんなことを父ちゃんに言ったら、あれこれと聞いてくるに違いないし、からかってもくるだろう。そういう時の父ちゃんはしつこい。そういうの嫌なんだ。だから言わない。三年前僕は父ちゃんを否定してやったっていうのに、忘れてしまったのか気まずさを微塵《みじん》も感じさせない。僕の言葉はまったく届かなかったってことなのかな？　それ、ちょっと空《むな》しくなるよ。だから僕になにを頑張ってるんだなんて聞けちゃうんだろうね。自分に聞いてみろって。姉ちゃんは取り敢えず将棋を頑張ってるじゃないか。だけど父ちゃんは？　四十七歳にもなって、娘に食べさせて貰ってる情けない父親じゃないか。僕は父ちゃんのようにはならないと決めている。僕は頑張れる。ただなにを頑張ったらいいか、まだわからないってだけだ。

姉ちゃんは目を覚ますと凄い食欲を見せた。そしてオムライスとワッフルを食べ終えた時には、満足そうだった。

その喫茶店を出たのは午後二時だった。

さっきまでの強い日差しは消えていてあたりは薄暗い。今にもひと雨きそうな気配だった。

二人が住んでいるアパートに向かって歩き出すとすぐ、大粒の雨が落ちてきた。

「すぐそこだから走れ」と父ちゃんが言って走り出した。

突っかけサンダルで走る父ちゃんの背中を追って、僕も走り出す。

ふと振り返ると、姉ちゃんが雨に濡れながらゆっくり歩いていた。

気が付かないのか、構わないのか父ちゃんはどんどん先に行ってしまう。

僕はため息を吐いて姉ちゃんを待った。

やっと近付いて来た姉ちゃんに声を掛ける。「どうして走る気ゼロなんだよ」

「走ったって、歩いたって、濡れるのは一緒だよ」

「走ったほうが濡れる量は少ないよ」

「そうなの？」

「いや、わかんないけど」

アパートはそこから五十メートルほどのところにあった。古いアパートで外壁には罅《ひび》と蔦《つた》が競《きそ》うように這《は》っている。部屋は五階なのにエレベーターがなかった。

三階と四階の間で姉ちゃんの足が止まった。そして階段のステップに腰掛けて「ふうっ」と息を吐いた。

「疲れちゃったの？」と僕は尋ねた。「毎日上り下りしてんだろ？」

「毎日上り下りして、毎日くたびれて、毎日途中で一休みしてる」

「年寄りみたいだな」手摺《てす》りに寄りかかって外を見た。

雨はどんどん激しさを増していた。

向かいのマンションのベランダに干してある布団が、すっかり濡れていた。住人はいないのか、雨に気付いていないのか、窓には簾《すだれ》が掛かっていて部屋の様子は窺えなかった。

「今大学生なんだって？」姉ちゃんが言った。

「うん」

「凄いねぇ。大学生は毎日なにしてるの？」

「大学生は毎日……なにかな？　授業に出たり、バイトしたり、サークルの集まりに参加したり、コンパしたりだね」

「楽しい？」

「まぁ」僕は答える。

「まぁぐらいなの？　なにか嫌なことでもあるの？」

「嫌なことはないんだよ。中学高校の頃と比べたら全然自由だし。大人があれこれ言わなくなったからね。母ちゃんもだ。帰りが遅くても、帰らなくても、なんにも言わなくなってさ、大学生になった途端だよ。変わりっぷりにびっくりだよ」

「なにを勉強してるの？」

「なにって……学部は経済」

「えっ？」姉ちゃんが目を丸くした。「経済を勉強してんの？」

「そう」

「経済って勉強するもんだったんだ――びっくりだ。それで大学を卒業したらどうするの？」

「……まだ決めてない」

「そうなんだ」

決められなくてね。サークルの先輩は毎日暇そうで楽しそうだったけど、ある日突然就職活動を始めて大学に姿を見せなくなった。しばらくして現れた先輩たちは企業の内定を貰っていた。筆記試験や面接のことを語る先輩たちに、僕はとっても驚いた。ついこの間まで一緒に教室や居酒屋で騒いでいた先輩が、将来をあっさりと決めていたことが衝撃だった。参考にしろよと渡されたのは、電話帳よりもぶ厚い就職情報誌だった。そこにはハガキが付いていて、興味のある会社にそれで資料請求したのだと言う。分厚いとはいっても片手で持てるそこに、僕の将来があるのかと思ったら、なんてちっぽけなんだろうと哀しくなった。

僕は頭を軽く左右に振った。

髪に付いていた雨が周囲に少し飛んだ。

「姉ちゃんは？　毎日なにしてんの？」僕は尋ねた。

「寝て、食べて、漫画読んで、テレビ見て、時々将棋だね」

「将棋が最後なの？」

「毎日するわけじゃないからね」

「将棋の勉強とかはしないの？　対局を見学したりとか、プロの棋譜を検討したりとか、詰め将棋の問題を解いたりとか」

姉ちゃんが激しく瞬きをした。「将棋を勉強するなんて考えたこともなかった。それぞれの駒の動かし方さえ覚えたら、後は勝負するだけだから。ほかの誰かの戦い方を知ってどうするの？」

「どうするのって……たくさんの作戦を知っていれば、自分の対局の時に使えるかもしれないと思ったんだけど、違うの？」

「戦い方は無数にあるから、実戦で役立つようにするなら、相当の数の作戦を覚えておかないといけないよね。それ、大変だよ。私には無理だね。そんなに記憶力良くないし」

「研究したり分析したりしなくても勝てるんだから、姉ちゃんはやっぱ天才なんだな。さっきの対局ちょっと感動したよ。珍しく圧されてたから、負けるんじゃないかと思っちゃったよ」

「さっきのは面白かったね。結構ドキドキしたよ」

「姉ちゃんもドキドキしてたんだ？」

「うん。してた」姉ちゃんが頷いた。

「最後に負けたのいつ？」

首を捻る。「いつだったかなぁ。覚えてない」

「覚えてないぐらい昔なのか。子どもの頃から姉ちゃんは強かったもんな。僕はハンディを貰っても、一度も姉ちゃんに勝てなかった」

「守の将棋は女がするような将棋なんだよ」

「なにそれ？」

「相手の王将を倒せば勝ち、自分の王将を倒されたら負け。これがルールなんだよ。最後に持っている駒の数なんて関係ないのに女はなぜか、自分の駒を一枚も取られたくないって将棋をするんだよね。プロはどうだか知らないけど素人《しろうと》は大抵そうだね。守もそういう将棋を指すんだよ。王将ではない駒にこだわって動くから、自分で不利な陣形を作ってしまう。守は優しいからかね。すべてを持っていることはできないんだよ。対局が始まったら、自分の駒を諦めたり、捨てたりしながら相手の王将を狙って進むしかないんだ。そういうゲームなんだから」姉ちゃんが言った。

「怖いんだよ。自分の駒を取られたら、こっちの戦力は弱くなって相手は強くなるわけだしさ」

「そりゃそうだけど。考える順番が私と守は違うんだよ。たとえば金を取られそうになったとするでしょ。守はまずその金を取られないようにするにはって考える。それで金を動かして逃げるんだ。私は取られた後のことをまず考える。先の手を読んでみて、その金を取られてもダメージは大きくないし、その一手分攻めたほうがいいと判断したら金は諦める。その違いが強さの差だろうね」

「………」

僕は自分のスニーカーに目を落とした。

すぐ右に折れ曲がったタバコの吸《す》い殻《がら》があった。

ごぼっと水の音がした。

踊り場の隅に目をやると、排水口が詰まっているのか吹き込んだ雨が溜まっている。

そしてごぼっごぼっと苦しそうな音を立てる。

それから僕らは再び階段を上り始めた。部屋に入ると、父ちゃんはくわえタバコで頭にタオルを載せていた。

出前の寿司が届いたのは午後七時だった。

和室の中央に広げた卓に大きな寿司桶が置かれた。

父ちゃんは当たり前のように、僕の前のグラスにビールを注ぐ。

僕の二十歳の誕生日はまだきていないことや、三年前酒を飲む飲まないで言い争ったことなど忘れてしまったのか、父ちゃんも姉ちゃんもなにも言わなかった。僕の小さな倫理観は大学生になった途端緩くなり、入学してから酒を飲むようになっている。僕は自己矛盾を流し込むように、苦いビールを喉に落とした。

呼び鈴が鳴り、同時に玄関ドアをノックする音が聞こえてきた。

父ちゃんが「守」と言って顎で玄関方向を指したので、僕は立ち上がる。

ドアを開けた途端、三人の男たちがずかずかと上がり込んできた。僕は呆気《あっけ》に取られてただ彼らを目で追った。

派手なシャツを着た背の低い男が、父ちゃんの向かいに座った。その背後に痩せた男と太った男が立つ。

ぽかんとしている父ちゃんに派手なシャツの男が言った。「小池豪さん？」

「はい」父ちゃんが頷いて「どちらさん？」と聞いた。

「窪田《くぼた》組の岩合《いわごう》や。ここらを仕切ってるんや」

岩合は寿司桶からイクラの軍艦巻きを摘み上げ、それを僕が使っていた小皿の醤油《しょうゆ》に付けた。それから口を上向きにして、そこへ落とし込むようにしてイクラの軍艦巻きを食べた。そして付いた汚れを取るかのように、人差し指と親指を舐《な》めた。

岩合の首には太いゴールドのネックレスがあり、キラキラと輝いている。

「あんた」岩合が口を開いた。「賭け将棋やってるって？」

「それは……どこから聞いた話ですか？」父ちゃんが尋ねる。

「どこからでも構わんやろ、そんなもん。この街は窪田組が治めてるんやから、なんでも窪田組に届くっちゅうわけや。そんで随分と儲けとるそうやな。寿司食うぐらいやしな」

「タバコひと箱買えるぐらいの小金です」

すると岩合は急に前のめりになると、父ちゃんの首に手を回してぐっと自分の顔の近くまで引き寄せた。

父ちゃんと岩合の顔の間には一センチの隙間もない。

その状態のまま岩合は言った。「この街で賭け事を勝手にしたらアカンな。タバコひと箱でも窪田組を通して貰わんと。それがルールや。それがあんたが長生きするたった一つの道やで」

岩合が手を離して父ちゃんを解放した。それから再び寿司桶に手を伸ばして、今度はウニの軍艦巻きを摘んだ。口に頬張ると何度か頷くように顔を上下に動かす。

人差し指と親指を舐める岩合の腕には、金色の大きな腕時計があった。

「賭け将棋を続けたいんやったら半々や」岩合が宣言した。「儲けた金の半分を納めたら、あんたも俺らも幸せ、ハッピーハッピーっちゅうこっちゃ。集金にはこいつらが来るで」背後の男たちを指差した。「よう顔を覚えといてな。そうそう、金額をごまかそうとしたらアカンで。そんなんしたら、うちの優しいオヤジを怒らせてまうからな。痛いの嫌やろ？　それとも好きか？　そうやろ、痛いのは嫌やな。オヤジを怒らせんかったら、痛いことにはならんから安心せえ。せやけどオヤジを怒らせたら、あんたは痛い思いをぎょうさんせなならん。そのことはよう覚えといてや。ほな、今日のところはこれで」

岩合は立ち上がり部屋の中を見回した。それから姉ちゃんに目を留めると、興味深そうな表情をした。少しの間の後で岩合は「ほな、さいなら」と言うと、二人の男と出て行った。

僕は自分の足が少し震えていることに気付き、引き戸に寄りかかるようにして腰を下ろす。

なんだよ、今の。ヤクザに目を付けられるなんて、どんだけ賭け将棋で儲けてたんだよ。これを機会に賭け将棋なんてやめてくれりゃいいんだけど……父ちゃんにとっちゃこれだけが収入源だから、やめたりはしないだろう。ちゃんと働きゃいいんだ。健康なんだから、贅沢《ぜいたく》を言わなきゃ仕事なんていくらだってあるはずなんだ。やっぱりこんな風に落ちていくんだよ、自堕落《じだらく》な生活をしていると。半額を納めるだけじゃなくて、そのうちもっと面倒なことをやれと言われるようになるんじゃないのか？　そうやって深みに嵌《はま》っていくんだよ。こんな生活がいつまでも続くわけがなかったんだ。

「よし」父ちゃんが口を開いた。「まずは寿司を食っちゃおう」

「寿司を食うって？」と僕は確認する。

「そうだ。まずは食おう。それから急いで荷造りだ。トラックを借りたいところだが目立っちまうかもしれんから、手で持てるだけの荷物にして、電車で移動のほうがいいだろう」

「夜逃げするの？」

「夜逃げとはちょっと違うな。夜逃げっていうのはあれだろ？　借金をこさえたもんが借りた金を返さないで、行方をくらますことをいうんだろ？　俺らに借金はないからな、夜逃げとは違う」

「でもそっと出て行くんだよね、今夜」僕は聞いた。

「そうだ。五分五分ってのは気に入らないからな。せめて二分八分ぐらいだったら考えないでもなかったんだが、五分ってのは納得いかないよ。ま、そろそろかなと思っていたところだしな。りか子の強さが知れ渡ってしまって、賭けに乗ってくるやつが少なくなっていたんだ。この街も潮時《しおどき》だったたってことだ。なに、将棋好きは日本全国どこにだっているからな、河岸《かし》を変えりゃいい話だ。まずは寿司を食え。イクラとウニを食われちまったのはなんとも口惜《くや》しいが、まだまだネタは色々あるからな。食って飲め」

「これを機会に賭け将棋をやめて、普通に働くというほうじゃないんだ?」

「そっちのほうじゃないね」しれっと答える。

「姉ちゃんもそれでいいの？　違う街に行って賭け将棋をする生活を続けるの？」

姉ちゃんが手酌《てじゃく》でグラスにビールを注いだ。「将棋をしたい時に将棋ができるなら、それがいいね」

「………」

僕らは急いで寿司を食べビールを飲んだ。それから父ちゃんと姉ちゃんは荷造りを始めた。父ちゃんは大きなバッグが三つで、姉ちゃんは二つになった。僕は大家さんにはひと言っておくべきだと意見を口にした。なにも言わずに出て行けば、二人が事件に巻き込まれたのかもしれないと、警察に通報する可能性があるからだ。僕が理由を告げると、父ちゃんはお前は賢いなぁと言った。そしてチラシの裏にマジックペンで『訳あって引っ越しします。残っている物は処分してください』と書き、その上に一万円札を一枚置いて、そこに醤油差しをのせた。鍵をかけるとそれを新聞受けの穴から中に落とした。急ぎ足で駅に向かい、ちょうど来た電車に乗った。隣の県の大きな駅で降り、駅前のビジネスホテルに二部屋取った。父ちゃんはベッドに横になるとすぐに鼾《いびき》を掻き出した。僕は寝返りを繰り返しながら、何度も何度もため息を吐いた。

翌日ホテルの朝食バイキングのテーブルに着いている時、スポーツ新聞を広げていた父ちゃんが、突然街の名前を挙げた。そこへ行くと宣言したので、競艇場が近くにあるのかと僕が尋ねると馬のほうだと答えた。

チェックアウトをして、駅に向かった。

券売機の上部にある路線図を父ちゃんが見上げる。

そして「お前はどうする？」と聞いてきた。

「帰るよ」僕は言った。「落ち着き先が決まったら住所とか一応知らせてよ」

「オッケー」親指と人差し指で丸を作った。「経済を学ぶのもいいがたくさん遊べよ。テニスでもほかのことでもいいからさ。あー、遊び疲れたってぼやくぐらいしっかり遊べ。若いんだからよ」

「なんだよそれ。父ちゃんはもう若くないんだから遊ぶなよ。ちゃんと働いてヤクザに脅《おど》されない生活をしろよ」

笑い声を上げる。「こりゃ一本取られたな」

「ちっとも笑い事じゃないんだよ」

「まぁ、肩の力を抜いていこうや」ポケットから財布を取り出した。「切符を買ってくるから荷物を見ててくれ。守のも父ちゃんが払ってやるから」

三つある券売機の前にはどれにも長い列ができていた。駅員が切符に鋏《はさみ》を入れる音が、改札口方向から聞こえてくる。

二番線にもうすぐ電車が入ってくるとアナウンスがあった。

戻ってきた父ちゃんが切符を差し出してきた。「はいよ」

「有り難う」僕は礼の言葉を言ってから「あのさ」と話し掛けた。

「ん？」

「母ちゃんのことなんだけど」

「なんだ？」

「母ちゃん再婚することになった」

父ちゃんが驚きを顔に浮かべた。「あの母ちゃんが……再婚か」と呟いた後、その瞳がキラキラと輝き出した。「相手の男はどんなやつだ？　ちゃんとご立派なやつか？」

「母ちゃんと同じ病院で働いてる薬剤師。山口祐一《やまぐちゆういち》さんっていうんだ。母ちゃんと同い年の四十六歳で、水泳とけん玉が趣味の人。酒は一滴も飲まないしギャンブルは一切しない人」

「そりゃ、ご立派な人だ。だったら大丈夫だな。きっと今度は上手くいくだろうさ」

姉ちゃんが言った。「守はその人のこと好き？」

「僕？　僕は……まぁ、悪い人じゃないと思うよ。それほど深く知ってるわけじゃないけど。ただ……」

「ただ？」と姉ちゃんが聞いてくる。

「母ちゃんがその人と付き合ってるの、まったく知らなかったから驚いたよ。付き合ってるのを隠してたってことが、なんだよそれって思った」

「隠してたっていうか守が気付かなかったって話でしょ」

「………」

父ちゃんが口を開く。「ま、母ちゃんが幸せで、守も元気ならそれでいいさ」

三人で改札口を通過した。

父ちゃんが「じゃあな」と言って片手を上げる。

隣の姉ちゃんは開いた手を左右に小さく振った。

僕は一つ頷いて身体を反転させた。それから三番線のホームへ続く階段に向かった。


ファミレスを見渡した。奥の窓際の席に座っている塩村隼《しおむらはやと》を見つけ、僕は歩き出す。

隼の下宿近くのこのファミレスには、しばしば仲間が集まる。それは同じテニスサークルに所属する同学年の男たちだった。

隼が着ている黄色のTシャツの胸元には、Ｈａｗａｉｉと書かれていた。テーブルにはコーヒーカップがあった。

「皆は？」僕は尋ねる。

「わからん。来るかもしれないし来ないかも」頬杖をついた。「俺の緊急事態だって言ったって、どれだけ集まるかわからないんだから寂しいよな」

「隼の緊急事態は緊急じゃないことが多いんだよ。しょっちゅう緊急事態だと言って呼び出すけど、大体大したことないからさ」

「冷たいこと言うなよ。俺にとっちゃ百パーセント緊急事態なんだって」

「はいはい」

僕はホットコーヒーとプリンアラモードを頼み、隼から女の子みたいなもん頼むんだなと言われた。昨日父ちゃんと姉ちゃんと別れて乗った電車で、十歳ぐらいの男の子がプリンを食べているのを見かけた。それが妙に旨そうに見えて仕方なかった。

午後九時を過ぎたファミレスには大勢の客がいて、満席に近い。四、五人のベージュの制服を着たウェイトレスが、忙しそうにテーブルの間を歩き回っていた。

プリンをひと口食べてから僕は言った。「で？　緊急事態ってなに？」

「話したいところなんだけどさ、今話しちゃうと後から誰か来たらまたリピートしなくちゃいけないから、まだ黙ってる」親指と人差し指を合わせて自分の唇の前で横に動かし、チャックを閉めるような動きをした。

「はいはい」

「敦子《あつこ》ちゃんとはどうなんだ？　上手くいってんのか？」

僕は首を捻った。「上手くいってるのかな？」

「なんでわからないんだよ」

「この前ちょっと……なんか、感じ方が違うんだなって思って……多分それで別れたりはしないとは思うんだけど」

「なにがあったんだよ」

「僕の母ちゃん再婚するんだよ」

「そうなのか？」隼が目を丸くした。

「そう。その話を敦子ちゃんにしたんだよ。恥ずかしいと思ってることもね。母ちゃんも相手も四十六なんだよ。そんな年でって思うからさ。そうしたらいきなり敦子ちゃんが怒り出してさ」

「なんで？」

「僕もなんで怒ってるのかわからなかったんだけど――お母さんだって女なのに、母親の役以外やっちゃいけないなんておかしいって敦子ちゃんは言ったんだ。守はお母さんが女だというのを無視していて、その上幸せになろうとしているのを不満に思ってるって」

「おぉ、怒ったのはそこか？」

「うん。僕はさ、母ちゃんに幸せになって欲しいと思ってるよ。敦子ちゃんにもそう言ったんだ。ただ、母ちゃんは母ちゃんで女って感覚じゃないんだよ。いい年してってって思うから、おめでとうなんて言えなくてさ。誰もなにも言わないしなにも感じないかもしれないけど、僕は」自分の胸に手を当てた。「僕は恥ずかしいんだ」

「わかるよ」隼が頷く。「守の気持ち」

「そうか?」

「わかるよ。オカンはオカンだもんな。女じゃないんだよ。女じゃなくてオカンという別の生き物。それなのに好きな人ができたなんて言われたら、勘弁してくれって感じだよな」

「隼は理解してくれるけど、敦子ちゃんは全然理解してくれなくてね。僕の器が小さいからだとか、お母さんは大変な仕事を続けていて立派だとか、なんか色々言われて。敦子ちゃんが言ってることは正しいんだよ。多分。でも僕の気持ちはそうじゃないんだっていうのを、理解して貰えなくてさ。それまで喧嘩したことなくて、お互い凄く分かり合ってると思ってたからびっくりしたよ」

「そうだったんだ」

「違うんだな、色々。男と女じゃ」僕は静かに言った。

「だな」

ウェイトレスがコーヒーのお代わりはどうかと言ってきたので、僕らは貰った。

隣のテーブルに目を向けると、高校生ぐらいの二人の男が、ノートや参考書を広げて勉強していた。英和辞書の背の反対側には、マジックペンでアルファベットが手書きされている。

一週間前のことが頭に浮かぶ。生徒の家に行ったら当人が体調不良で寝ていて、家庭教師のバイトは休みになった。自宅に戻ると、母ちゃんが出掛ける支度をしているところだった。初めて見る花柄のワンピースを着て、化粧の真っ最中だった。これからデートなのかと思った途端、小さくイラッとした。どうしてだかわからない。敦子が言うように僕の器が小さいせいかもしれない。母ちゃんは僕の夕飯の支度は済ませてあると言って、その温め方や食べ方をくどくどと言ってきた。僕は「いいよ、そんなことは」と母ちゃんの話を遮断して「デートなんだろ、早く行けよ」と促《うなが》した。母ちゃんは「なんで怒っているの？」と言って、とても哀しそうな顔をした。僕は母ちゃんを笑顔でデートに送り出せない自分を持て余していた。ただ子どものように、不機嫌さをわざとアピールするような態度しか取れなかった。僕は自分の部屋に引きこもった。しばらくして母ちゃんが僕の部屋のドア越しに「行ってきます」と言う声が聞こえてきた。僕は少し大きな声で「うん」と答えた。それからじっと耳を澄まして、母ちゃんが玄関ドアに鍵を掛ける音を聞いていた。音が消えた途端僕は大きなため息を吐いた。

隼が自分の頭を掻き毟《むし》った。

それから「あー」と大きな声を上げた。「やっぱ我慢できない。早く話してー。もういいわ、守だけでも。誰か来たらもう一回喋るから。聞いてくれよ」

「なに?」

「真紀子《まきこ》ちゃんと付き合ってるだろ、俺。だけどさ、バイト先に桜子《さくらこ》ちゃんという可愛い子が入って来ちゃったんだよ」

「それで?」

「すっごく可愛いんだよ、桜子ちゃん。目がくりくりっとしててさ。バイトの男たちが皆桜子ちゃんと一緒のシフト希望を出すようになっちゃって、店長がぶつぶつ言うぐらいの可愛さなんだよ。でさ、ダメ元で映画のチケットがあるから一緒に観に行かないって誘ってみたわけだ。軽い気持ちだよ。そんなに可愛い子が、俺の誘いを受けるわけないじゃんか。ところがどっこいよ」

僕は驚いて尋ねた。「行くって?」

自慢げにゆっくり頷いた。「そう。それで行ったんだ」

「行ったのかよ?」

「そう。映画の後で食事して楽しかったんだよ。顔が可愛いだけじゃなくてさ、性格も可愛いんだよ。周りの男たちは俺を羨ましいって顔で見てきてたね。だけど桜子ちゃんの気持ちがわからなくてさ。なんでって、桜子ちゃんから好きだとか、付き合ってとか言われたわけじゃないからだよ。いいか、一回二人だけで映画を観たからって、女の子がその男を好きかどうかっていうのはわからないんだ。そうなんだよ。そういう生き物なんだ、女の子ってのは。こっちはもう付き合ってるつもりでいても、女の子はそうは思ってなかったりするんだよ。え、一緒に映画観に行ったじゃんって男が言うと、その映画をたまたま観たかっただけだとか言うんだ。守も気を付けろ。だから俺は慎重にいこうと思ってさ、ボウリングに誘ってみたんだ。そうしたら」

「そうしたら？」

「行くって言うんだよ。で、行ったんだ、ボウリングに。桜子ちゃん下手でさぁ、ガーターの連続なんだけど可愛いんだよ。それで俺がちょっと教えたらすぐ上達してさ、そういう素直なところもいいだろ」隼がにやっとした。「これでようやく俺は確信できた。桜子ちゃんは俺と付き合ってもいいと思ってる。でも問題があるだろ？」

「真紀子ちゃん」

「その通り。俺さ、二人の女の子と同時に付き合ったことないんだよ。だからどういうことに注意したらいいとか、そういうアドバイスが欲しいんだよ。今すぐにね」

「えっ？　二股《ふたまた》を掛けるのはもう決定なのか？」

「決定って……あぁ、真紀子ちゃんと別れるって選択肢ね。真紀子ちゃんのこと嫌いになったわけじゃないからさ。別れるのは勿体ないと思うわけよ。桜子ちゃんほどじゃあないけど、可愛いんだしさ」

「できるか？　二股」僕は尋ねた。

「頑張るよ」

「気を抜いてドジったら最悪になるぞ」

「だから緊急事態なわけよ。二股を上手にやり遂げるテクを教えて欲しいんだ」

「今日ここに誰か来るといいな。僕からはまったくアドバイスなんてできないから」

「守は二股の経験は？」

僕は激しく首を左右に振る。「ないよ」

「そっか」

真紀子は僕らのテニスサークルに今年の四月に入会した大学一年生だ。都内にある女子大に通っている。僕らの大学には圧倒的に女子学生が少なく、大学生なら誰でも入れるようにしているサークルがほとんどで、僕らのテニスサークルもそうだった。四月にはあちこちの女子大に行き、チラシを配って勧誘した。莉香《りか》もそうやって勧誘されて、うちのサークルに四月に入ってきた。真紀子とは別の女子大に通っている。

その莉香から突然電話が入ったのは六月だった。次の練習日の時間と場所の確認だった。その時バイトのことや授業のことを聞かれるまま軽く話した。翌週また電話があった。その時は用事はなく、なんとなく電話をしたと言われた。たいした話はしなかったはずなのに、電話を切って時計を見たら三十分も電話をしていたとわかり驚いた。その次に電話があった時も、なにか用事があるわけではないと莉香は言った。そして「先輩の彼女ってどういう人なんですか？」と尋ねてきた。敦子とは高校生の時通っていた予備校で知り合って、今は都内の短大に通っていて、そこのコーラス部に入っていると答えた。すると「敦子さんのどういうところが好きなんですか？」と質問してきた。僕は受話器を握ったまま固まった。自問したけど、ぴったりな言葉を見つけられなかった。僕は正直に「ぴったりな言葉が浮かばない」と告げた。「そうですか」と聞こえてきた莉香の声は暗かった。でもすぐに明るい調子に戻って「きっと素敵な人なんでしょうね」と言った後で「もう電話しません」と突然宣言した。電話を切った後僕は長いこと考えた。莉香はもしかすると僕のことを好きだったのではないかという考えが浮かんだ。真相はわからない。ただ莉香からなにか言われたとしても、僕は敦子と別れなかっただろう。二股なんてことも考えられない。

午後九時半になって市川啓輔《いちかわけいすけ》がファミレスに現れた。

そして僕の隣に座った途端「腹減った」と言った。

カレーセットを注文した啓輔は隼から話を聞くと、それなら大須賀《おおすが》先輩の得意分野だとコメントした。

それから「なんでお前が二人なんだよ」と文句を口にした。「俺には彼女がいないのに不公平だよ。お前みたいに一人で何人もの彼女をもつやつがいるから、俺みたいにあぶれるのが出ちゃうんだからな」

「すみませんねぇ」と楽しそうに隼が謝る。

「全然悪いと思ってないな、お前。とにかくそういうのは大須賀先輩だ。同時期に四人と付き合ってたっていう人だから。なんでお前なのかなぁ。俺と大して変わらなくないか？　なぁ守、どう思う？」

「えっ？　どう思うって言われても……」

「啓輔はさ」隼が口を挟んできた。「女の子に対して色々求め過ぎなんだよ。声が透《す》き通ってて、足が細くないとダメなんだっけ？　そんなこと言ってるからだよ」

「細くなければいけないのは足首」啓輔が訂正する。「太腿《ふともも》はむっちりしてていいよ。問題は足首だ。折れそうなぐらいの足首でお願いします」

「顔にも色々注文あんだろ」と隼が確認すると、啓輔は指を折りながら挙げていく。「色が白くて鼻はすっとしてて、冷たいぐらいの美人なんだけど、笑うとふわっと可愛さ全開になる子で――」

「日付変わるまで続くんじゃねぇの?」と隼が遮って笑った。

ドラマチックな人生を送る人と、そうじゃない人がいるんだろうな。隼はドラマチックな人生を送りそうだ。啓輔はどうだろう……わからない。母ちゃんがドラマチックな人生を送る人だったというのは意外だった。母ちゃんはてっきりフツーで地味な人生を過ごすのだろうと思っていた。それでかな。置いてきぼりを食らったような気がするのは。昨日莉香がサークルでほかの男子学生と話しているのを見た時――少し胸がざらついたのはなんでだったんだろう。もうすぐに次のを探してるんだって、ちょっと意地悪な気持ちになったのが自分でも不思議だった。僕にもドラマチックなことが起きて欲しいと思う。凄く。でもそうなったら困るんじゃないかなとも思う。

カレーを食べ終えた啓輔が自分の腹を撫で回した。

その時隼がすっと右手を上げた。

振り返ると、キョロキョロと店内の様子を探る豊田祥秀《とよたよしひで》がいた。

平成元年（1989）

正座した姉ちゃんは苦しそうに顔を顰《しか》めて将棋盤を見つめる。やがて姿勢がどんどん前に傾いていく。両手で自分のスカートをぐっと摑んだ。唇を嚙みなおも駒を睨む。するとふいに顔を上げた。初めて興味をもったといった表情で対局相手を見つめる。それから再び盤に目を落とし、駒にその瞳を据える。程なくして姉ちゃんの肩が少し下がった。

そして「負けました」と言ってうな垂《だ》れた。

戸塚萌《とつかもえ》女流プロは真っ直ぐな背を前に倒して、綺麗な礼をすると「一休みさせて貰うわ」と言った。

戸塚プロに促された僕は、姉ちゃんをそこに残して部屋を出た。廊下を進み、戸塚プロの後から別室に足を踏み入れた。そこは六畳の和室で中央に卓が置いてあった。床の間には一輪の椿が飾られている。

卓を挟んで向かい合うように置かれた座布団に、僕は座った。そして戸塚プロが茶筒を傾けて、蓋に茶葉を移すのを見つめた。

　去年大学を卒業した僕は中堅のゼネコンに就職した。研修が辛くて退職という言葉がちらちらと頭に浮かんだ時、大学時代の友人に誘われて、社会人のランニングサークルの練習に参加した。走っている時無になれたのが気に入って、正式にそのサークルに入会した。サークル仲間の姉がプロ棋士だと知ったのは、二ヵ月前の十一月のことだった。戸塚プロに姉ちゃんのことを話したところ、会ってみてもいいと言われた。僕は姉ちゃんに電話をして、理由は説明せずに父ちゃんには内緒で東京に出て来てくれと頼んだ。ごねると思っていたのに意外とあっさり了承したので、これは当日バックれるつもりではないかと疑ったが、待ち合わせの東京駅に姉ちゃんは姿を現した。戸塚プロが自宅で開いている将棋教室に姉ちゃんを連れて行き、引き合わせた。戸塚プロがまずは一局指しましょうと言って、対局が始まったのは午後一時だった。そして姉ちゃんは一時間で完敗した。

　僕は尋ねる。「姉は……姉の棋力はどうなんでしょう？」

　急須から湯呑みに緑茶を注ぐ。「悪くはないですね。才能はあると思いますよ」

「そうですか？」勢い込んで聞いた。「それではプロになれるでしょうか？」

「どうぞ」湯呑みを僕の前に置いた。

「有り難うございます」

「プロになれるかどうかはわかりません。この間も説明しましたように、女流育成会に入会してリーグ戦に出て一位か二位になれば、女流のプロ棋士になれるという仕組みがあります」

「はい」頷いた。

「りか子さんは二十六歳と言っていたかしら？」戸塚プロが質問してきた。

「今二十六で、今年の誕生日で二十七歳になります」

「女流育成会の入会資格は二十九歳までなので、ギリギリですね」

「……ギリギリですか？」

「女流プロになるための要件が今後変わるかもしれないので、なんとも言えませんが、現状の仕組みでプロに挑戦するとしたら二年しかありません。時間が全然足りませんね」

「…………」

「今の棋力では上位二名には入れないでしょう」戸塚プロがきっぱりと言った。「今日から死ぬ気で頑張ったとしても、二年間でどれだけ棋力を上げられるか——難しいトライになるでしょう」

「難しくても可能性はゼロではないんですよね？」縋《すが》るように戸塚プロを見つめた。

ゼロではないと言ってくれ。聞きたいんだ。まだチャンスはあるって。僕にはもう平凡な人生しかないけど、姉ちゃんには特別な人生があるって思いたいんだ。僕には見つけられなかった夢を、姉ちゃんに託したいんだ。嫌なことにもだいぶ慣れてきたしね、僕は多分今の会社で定年まで会社員っていうのをやる。これから三十年以上もあると考えると、ちょっと気が遠くなるけど、きっと僕は毎日会社に出社するのだろう。僕は普通で平凡な人間だから。でも姉ちゃんは違う。将棋の才能がある。厳しい世界だろうけど、そこで輝くような毎日を送って欲しい。ワクワクしてドキドキするような人生を選んで欲しい。それは誰にでも選べるものじゃないから。今はまだ戸塚プロにあっさり負けてしまうぐらいでも、姉ちゃんだったらきっともっと棋力を上げられるはず。だから頼む。姉ちゃんの可能性がゼロだとは言わないでくれ。

戸塚プロは自分の湯呑みに手を伸ばした。両手で湯呑みを持ち上げそれに口を付ける。それから湯呑みを卓に戻した。

戸塚プロが口を開いた。「ゼロとは言いません。ただどう考えても相当に難しい挑戦になるでしょう。りか子さんには将棋の才能があります。そのせいでしょう。これまで努力をしてきていませんね？」

「……それは……どういう？」

「一局やってみて感じたのは——お姉さんは負け方を知らないということです。これまで才能があるから、自分の感覚だけで勝ててこれたんでしょう。だからどうしたら負けるのかをわかっていません。普通はたくさん負けるんです。負けた中からいろんなことを学んでいくんです。他の人が対局した棋譜を勉強して、どうやって負けたのか、どうやって勝てたのかを分析するのも大事です。そういう努力を積み重ねてきた人たちのうちで、ごく一部の人がプロになれるんです。素人をたくさん負かしたところで、そこで学んでいなければ棋力アップにはまったく繋がりません。才能だけじゃプロにはなれないんです。努力を続ける能力もないと。つまり才能と努力の両方が必要なんです。りか子さんの場合才能があって持ち前の感覚だけで勝ててきたので、努力をしてこなかったんでしょう。素人の中では強いでしょうがプロとの差は大きいです。それを二年間で埋めるのは至難の業です。これまで努力をしてこなかった人が、これから人の何十倍もの努力をすることができるでしょうか?」

「…………」

「私は思うんです。一流の人というのは、努力を続けられる人なんじゃないかって。棋士じゃなくても料理人でもマラソンの選手でも、どんな世界にいる人でも、トップにいる人は膨大《ぼうだい》な時間を努力にあてていると思うんです。それができる人だけが一流なんだとも言えますね。負ければ口惜《くや》しいですね。その口惜しさでやる気を途切れさせるのではなく、努力を続けるんです。これは大変ですよ。一、二週間ぐらいだったらできるかもしれませんが、ずっとなんですよ。リーグ戦突破を目標に、二年間努力を続けるのはしんどいことです。仮に二年間努力を重ねて運良くプロになれたとしても、それからも努力を続けなくてはなりません。プロとして対局をしていくんですから。将棋の世界にいる限り努力を続ける必要があります。それがりか子さんにできるでしょうか？」

「…………」

戸塚プロが言うような努力を続けることが、姉ちゃんにできるだろうか？　難しい挑戦になるのは間違いないようだ。まずは父ちゃんと引き離すことが必要だろう。もし独り暮らしが難しいなら、母ちゃんたちのところにやっかいになればいい。僕が実家暮らしの時使っていた部屋は物置になっているので、片付けてそこで暮らせばいい。母ちゃんにも祐一さんにもまだ話してはいないが、事情を説明すれば協力してくれるだろう。

戸塚プロがまた湯呑みに手を伸ばして緑茶を飲んだ。

その湯呑みには白い地に赤い花の絵が描かれていた。

その花と似た色の口紅を戸塚プロはしている。ショートカットで、白いシャツの上にベージュ色のセーターを重ね着していた。三十五歳と聞いていたが、きちんとした印象のせいかもっと年上に感じられる。

「弟さんから見てお姉さんはどんな人ですか?」戸塚プロが質問を重ねてきた。

「どんな人というのは性格でしょうか? そうですか。姉は……姉は……純粋なところがあります。人擦《ひとず》れしてないと言いますか。それとマイペースです。あの、性格は将棋と関係しますか?」

「はい」頷いた。「性格は将棋に出ます。そそっかしい人はそそっかしい将棋を指します。おっとりした人はおっとりした将棋を指します。それに生き様も出るんですよ。苦労してきた人は粘《ねば》り強い将棋を指しますし、途中形勢が有利になっても、無駄打ちをして遊んだりせず堅実な勝負をします。若くしてプロになって、スポットライトを急に浴びたような人は派手な将棋をします。駒を大胆に動かしてドラマチックな展開にするんです。それに将棋は変わります」

「生き様が変わるということですか?」

「いえ、そうではなくて、なんて言ったらいいか……年を重ねるうちに勝負の仕方が変化していくんです。若い頃は勢いで勝負していた人も、年を重ねるうちに、無茶な指し方をしなくなります。無駄な駒の動きをしなくなって、その流れは美しいダンスのようになります。円熟期の棋士の将棋には、シャープさと豊かさが同居しています。更に年を重ねると、諦めが早くなってしまうみたいですが。これは女流棋士ではなく、男性の棋士を見ていて、私が感じていることなので、一般論ではありません。どうしてお姉さんの人となりを尋ねたかといえば、私が将棋から受け取ったものが、合っているかどうか確かめたかったからなんです。守さんは純粋でマイペースと評されましたけれど、そこには守さんの優しさが入っていませんか？　りか子さんから受けたのは、荒っぽい勝負をする人との印象でした。力任せに仕掛けてくるのですが、その作戦に根拠はないんです。これでいけるんじゃないかとの勘が頼りといったように見えました。こういう将棋をする人は、雑に生きているのではないかと思ったんですが違いますか？　自分を大切にしていないと言い換えてもいいですが」

「…………」

「その顔じゃ、私の受けた印象はそれほど外れてはいなかったようですね」戸塚プロが小さく笑った。「それでは、りか子さんと少し話をしてみましょう」

戸塚プロは立ち上がった。

部屋を出て廊下を進む戸塚プロの後を歩く。

黒光りのする廊下はとても冷えている。古いのか所々に凹《へこ》みがあり、その上に足をのせると音が変わった。

先程の部屋の襖を開けると、中庭に臨《のぞ》む窓の前に姉ちゃんがぽつんと座っていた。二十畳以上はある広い部屋には、さっきまで姉ちゃんたちが座っていた場所に将棋盤が一つある。そこには姉ちゃんが負けた時の状態のまま、駒が置いてあった。部屋の左隅には積み重ねられた二十台余りの将棋盤があり、その横には大量の座布団が同じように積まれていた。姉ちゃんは畳と板敷きの間の柱に背中を預け、ぼんやりと中庭を眺めている。その中庭の中央には背の高い樹が一本あった。さらに庭を囲むように背の低い樹が並び、小さな葉を見せていた。エアコンは動いていたが、少し頼りなく感じるほど室内は冷えている。

戸塚プロと姉ちゃんは再び将棋盤を挟んで座った。

背筋をピンと伸ばした戸塚プロが質問した。「りか子さんにとって将棋とはなんですか?」

瞬きをして戸塚プロをしばらく見つめてから、姉ちゃんが答えた。「楽しい遊びです」

「楽しいですか?」

こっくりと頷いた。「はい」

「将棋をするのが辛くなったり、負けた時に口惜しくなったりはしませんか?」

姉ちゃんが首を左右に振る。「辛いとか口惜しいとは思いません」

「さっきの対局でも?」

「さっきのは……驚きました。強いから。でも辛くはなかったです」

「口惜しくもなかった?」

「はい」

「それでも対局中は勝とうとして頑張ってるのよね?」戸塚プロが質問した。

「はい。対局中は勝ちたいと思って必死です。凄く一生懸命考えて相手の王将を狙います。それが楽しいです。相手が強ければその楽しさは濃くなります。いつも勝ちます。勝てば嬉しいです。負けたのは凄く久しぶりで、何年ぶりか思い出せないぐらいです。隙がなくてまごついているうちにあっという間に負けてしまって、戸塚さんの強さにびっくりしました。戸塚さんは今まで対局した中で一番強かったです。強かったなって思いましたけど口惜しくはなかったです」

「結婚はなさっていないんでしたよね?」

「はい」

「予定もない?」戸塚プロが重ねて尋ねる。

「はい」

「なぜそんなことを聞いたかというと、お金のことがあったからです。男性のプロ棋士は対局するだけで食べていけます。大会の数が多いですし、そこで出る賞金の額も高いので生活していけるんです。ですが残念ながら女流プロ棋士は、大会の数がとても少ないですし、そこでタイトルを取れたとしても賞金額が低いので対局だけでは生活できません。結婚されていてご主人の収入があればそういった心配はしなくて済むので、確認のために聞きました。ご実家が裕福な人は別として、独身の女流プロ棋士は対局以外の仕事をしなくては生活できません。教室を開いて教えたり、男性のプロ棋士同士の対局の解説の補助をしたりといった仕事です。プロを目指す人に夢や理想を語るよりも、現実を知らせるほうが大事だろうと思いましたのでお知らせしました」

姉ちゃんは不思議そうな表情を浮かべて、戸塚プロから僕に視線を動かした。

僕からなんの説明も受けずに上京した姉ちゃんは、女流プロ棋士と一局した後でも、なんのための対局だったかわかっていない。また対局した戸塚プロから、女流プロ棋士になった場合の生活の立て方について、なぜ説明を受けるのかも理解できていなかった。

戸塚プロが言った。「りか子さんの将棋を見る限り、懸念《けねん》材料はたくさんあります。負けても口惜しくないのは、今日まで努力をしてこなかったからでしょう。それでも勝負の嗅覚が人より優れていることは確かです。もしりか子さんがたくさんの人と対局をして、棋譜を勉強する努力をするというのなら、私が師匠になりましょう。女流育成会に入会するには、師匠がいなくてはなりませんからね。ただ相当な努力がいりますから覚悟を決めてください。生半可《なまはんか》な気持ちでは奇跡は起こせませんから」

僕は口を開いた。「姉と話をしまして改めて連絡させていただきます。今日はお時間を頂戴《ちょうだい》しまして、どうも有り難うございました」

戸塚プロに向かって僕は深く頭を下げた。

少し遅れて姉ちゃんが頭をちょこんと下げる。

玄関で靴を履《は》いている時、教室に来た小学生たちとすれ違った。

午後二時半を過ぎていた。

片側二車線の通りに出て左に曲がった。

予備校の前にあるバス停に五人ほどの列ができている。その全員がマスクをしていた。

歩きながら僕は姉ちゃんに、これまでのことと今日の目的について話をした。呉服店の隣に『おいしい珈琲《コーヒー》あります』と札を下げている店があり、そこに入ることにした。

席に着くなり姉ちゃんが言った。「どうしてこんなセッティングをしたの？」

「どうしてって、今言ったろ。ランニング仲間を通じて戸塚プロと知り合って話を聞いたら、女流育成会には年齢制限があって、二十九歳までだってわかったからさ。姉ちゃん今年二十七だろ。ラストチャンスなんだよ。これを逃したらもうプロにはなれないんだ。それを姉ちゃんに知って欲しかったし、戸塚プロに姉ちゃんの棋力を見て欲しかったから。そういうの話したら、姉ちゃんこっちに出てこないだろ。だから順番は逆になったけど、とにかく一人で出てきてって頼んだんだ」

「私には無理だよ。プロになんてなれない」

「どうして挑戦する前に諦めるんだよ」

「諦めるっていうか、そもそもプロになりたいと思ってないんだよ。私が一度でもプロになりたいと言ったことあった？　ないよ。思ったことないもの。それなのに守がプロになるにはとか言ってるから、びっくりしてるよ」

「勿体ないからだよ。せっかく才能があるのに小さな街の将棋クラブで将棋を指して、そんな一生でいいのかよ」

ウェイトレスが注文を取りに来たので、急いでメニューを開きオリジナルブレンドを二つ注文した。

トイレに行ってくると言って姉ちゃんが席を立った。

僕は背もたれに背中を預け一つ息を吐いた。グラスの水を飲み店内へ目を向ける。

二つ隣の席では、カップルがテーブルの上で手を繋いでいた。

敦子から、守は変わったと言われたのは三ヵ月前だった。どんな風にと尋ねると、愚痴を言わなくなったと答えた。僕ははっとした。確かに入社直後はしんどくてあれこれと愚痴っていた。でも先輩が相手によって態度を豹変《ひょうへん》させたり、いいと思える企画が上司の判断で潰されていったりするのを何度も見ているうちに、僕のなにかが削《けず》り取られていったのだろう。そのうち理不尽《りふじん》に叱られても腹も立たなくなった。仕事帰りに同僚と居酒屋に行った時、ふと辺りを見回したら大勢のサラリーマンたちが酒を飲んでいた。あぁ、僕はその他大勢になったんだと思った。哀しくはならなかった。やっぱりそうかと静かに現実を受け入れた。それに予想していたよりそこの居心地は悪くなかった。それで愚痴が出なくなったのだろう。僕は敦子に言った。大人になったのかなと。それに対して敦子はなにも言わなかった。

コーヒーがテーブルに並べられている時、姉ちゃんが戻って来た。

姉ちゃんがひと口飲んで苦そうに顔を顰めた。すぐに砂糖入れに手を伸ばして、スプーンに山盛り二杯の砂糖をカップに入れた。ゆっくりスプーンで掻き回す。

「父ちゃんにはなんて言って出て来たの？」僕は尋ねた。

「中学校時代の友達が入院したから東京に行って来るって」

「そっか」コーヒーに口を付けた。「苦いな、これ」

「そうなんだよ。砂糖入れなよ」砂糖入れを僕のほうに滑らせた。

砂糖を一杯カップに入れて掻き回す。「今日姉ちゃん来ないかと思ってたよ」

「そう？」

「理由言ってなかったし。理由言ったら来ないだろうと思ったからなんだけどさ」

「とにかく行くよ。だって弟からの緊急連絡だもん。駆け付けるでしょ」

「そう……か？」

「そうだよ」姉ちゃんがはっきりとした口調で言った。「守から電話が掛かって来て、頼むから出てきてくれって言われたらさ、なにかあったんだなって思うもの。駅員が乗車券の確認をしに来たからさ、終点の東京駅でもし私が寝ていたら、必ず起こしてくれって頼んだの。寝ている間に折り返し運転されたりしたら大変だからさ。車庫に行っちゃっても大変だし。電車を乗り換えた後は不味《まず》いガムを嚙んで寝ないようにして、キヨスクで買った雑誌をずっと読んでたの。寝過ごしたりしたら大変だと思ったからね。凄く緊張しちゃったよ。まさかプロ棋士と対局させられるとは思ってもみなかった」

「で、どうだった？」

「強いね。なにをやっても敵《かな》わなかった。こっちは全力で攻めてるのに、向こうはまったくダメージを受けないんだよ。それで軽い調子で攻めてくる。それが厳しくて立ち往生しているうちに勝負がついてた」

「そっか」コーヒーを飲んだ。「それで？」

「それでって……プロになるための――育成会だっけ？　とんでもないよ。将棋は好きだしもっと強くなりたいとは思うけど、プロになりたいとは思わないよ。どうして守があれこれ手配したり、動いたりしたのかわからないよ」

「姉ちゃんには才能があるし、それを活かすべきだと思うからだよ。僕は……僕にもなにか特別な才能があるんじゃないかってずっと思ってたんだよ。自分に期待してたんだ。でも僕は普通の人だった。その他大勢。それがさ、思っていたより酷くないんだよ。普通の人生の中にも喜びや、遣り甲斐なんかがあるってわかったからね。それでも特別な人生には憧れる。格好いいなあって。もう自分がとは思わないけど、才能がある人にはその才能を活かして欲しい。特別な人生を、姉ちゃんなら手に入れられるんじゃないかと思うから。戸塚プロに姉ちゃんの棋力について聞いたら、まだまだだって言われてショックだった。まるで自分が言われたみたいにね。才能はあると言われた時は嬉しくてさ。これも自分が言われたみたいにね。でも才能だけじゃダメだっていうのを聞いて、なるほどなって思った。特別な人生を過ごすには、特別な才能と特別な努力が必要なんだね。僕ができるのはここまで。どうするかは姉ちゃんが決めることだ。今決めるんじゃなくて少し考えてみろよ」

「………」

BGMが『エリーゼのために』から『ペーパー・ムーン』に変わった。

姉ちゃんは静かにコーヒーを飲む。

僕は自分の価値観を押し付けてるのかな？　確かに姉ちゃんは、これまで一度もプロになりたいと言ったことはなかった——でもこのラストチャンスをものにして欲しい。まぁ、プロになっても食っていけないというのにはびっくりしたけど。将棋教室で将棋を教えるなんて……姉ちゃんには無理だよな。解説だって無理だろう。自分の対局の感想戦だってできないんだから。でも結婚して、旦那の稼ぎを当てにできるかもしれないし。そうだよ、そういう可能性だってあるじゃないか。今の暮らしより全然いいよ。姉ちゃんは父ちゃんと一緒にいちゃダメなんだ。あまりに似ている二人だからずるずるといってしまう。もういい加減やめないと、そんな暮らしは。父ちゃんにそう言ってもダメなことはわかっている。父ちゃんは、母ちゃんが昔言っていたようにろくでなしで性根が腐っているから。でも姉ちゃんにだったら僕の言葉が届くように思うから——。

姉ちゃんがぽつりと言った。「守はちゃんとしていて凄いのに、特別な人に憧れているんだね。私は普通の人に憧れてるんだけどね。皮肉なもんだね」

姉ちゃんが自分の目を擦った。それからふわぁと大きな欠伸《あくび》をした。

僕は腕時計に目を落とす。

午後四時だった。

僕は「母ちゃんと祐一さんに会っていくだろ？」と聞いた。

目を丸くした。「えっ？　なんで？」

「なんでって。祐一さんに会ったことってあったんだっけ？」

「ない」

「母ちゃんとはどれくらい会ってないの？」僕は聞く。

「二年ぐらいかな」

「だったら会っていけよ。せっかく出て来たんだしさ。なんだよ、その顔」

「マズイよ」

「なにがマズイんだよ。娘が母親と会ってマズイっていうのはないだろ。継父ともさ」

僕の腕を掴んできた。「もしかして母ちゃんに言ったの？　私がこっちに来てるって」

「まだ言ってない」

腕を離した。「なんだ、良かった。驚かさないでよ。すっごく眠かったのに一気に目が覚めたよ」

「どうしてだよ」

「母ちゃんのこと苦手なんだ」

「そうなの？」

姉ちゃんが頷いた。「正視できないんだよ。母ちゃんは素晴らしいだろ。ちゃんとしてるし。あまりにちゃんとしてるからさ、私なんかが見つめちゃいけないように思えてさ。逆に母ちゃんからじっと見つめられても困るんだよ。私にがっかりしてるのがわかるからさ、すみません、本当に出来が悪くてすみません、変わり者ですみませんって、謝り続けなくちゃいけない気がするんだよ。それに祐一さんに失礼があっちゃマズイでしょ？　マズイよ。私はさ、生きてるだけで失礼なんだよ。失礼なことしかしないんだよ。なのにどこが失礼なのか私にはわからないんだ。だから失礼のしっ放しなんだ。祐一さんが私を見たらさ、この娘の母親が自分の女房なのかって母ちゃんへの評価が下がっちゃう。それはマズイって。だからこのままそっと帰るよ」

「なんか、顔が必死だな」

「必死だよ。いいね、連絡しないでよ」

「そこまで言うならいいよ。母ちゃんには連絡しないよ」

姉ちゃんがほっとしたような表情を浮かべる。「良かった。母ちゃんと祐一さんのことはさ、守から聞くから。守から教えて貰えばそれで十分だから。それで？　二人は元気なの？」

「そうだね。母ちゃん帽子が好きだろ。母ちゃんの影響で祐一さんも帽子好きになったみたいでさ、二人で揃いの帽子を被って、休みの日にはハイキングに行ったりしてるみたいで仲いいよ」

「それは良かった。守は？　仕事してるって言ってたよね？」

「あぁ。中堅のゼネコンで働いてる」

「ゼネコンって？」

僕は説明を始めた。


「遅くなってすみません」と僕が謝ると、祐一さんは「いやいや。こっちこそ急に誘って悪かったね」と言った。

昨日姉ちゃんと別れて自宅アパートに戻ったのは、午後九時過ぎだった。そこへ祐一さんから電話が入った。明日研修で僕が勤める会社の近くに行くので、二人で飲まないかとの誘いだった。場所と時間を決めたのは僕で店の予約も僕がしたのだが、帰りがけにやっかいな電話を受けてしまい、少し遅れてしまった。

僕らは生ビールのジョッキをぶつけて、それに口を付けた。

「仕事は忙しいの？」と祐一さんが尋ねてきた。

「そうですね。まだ先輩に教えて貰っている段階なんですけど、毎日いろんなことが降りかかってくるというか……いつになったら、そういうのを全部一人で対処できるようになるんだろうかと思います」

「まだ働き始めたばかりじゃないか。守君の仕事を知ってるわけじゃないが、どんな仕事も一年や二年で、すっかり把握できたりはしないんじゃないかな。焦ることはないと私は思うよ」

「はい」小さく頷いてビールを飲んだ。

僕らがいるのは四人は入れる個室で、木製のパーティションが左右の部屋との間を仕切っている。そのパーティションの上部は障子《しょうじ》になっていて、両隣の客たちの話し声はそこから流れてくる。

午後七時を過ぎたところだった。

祐一さんの研修の話を聞いていると、頼んだ料理が次々に運ばれてきた。僕が皿によそって祐一さんに差し出すと「有り難う。だが気を遣わんでくれ。それぞれ勝手に取って食べようよ」と言われた。

そして祐一さんは鍋から湯豆腐を掬い取って、自分の前に置いた。「こうやって息子と二人で飲みたいとずっと思ってたんだ。だが息子どころか嫁さんも貰えずに四十歳を越してしまって、諦めていたんだ。しかし人生はどうなるかわからんもんだね。四十代半ばで伴侶《はんりょ》を得て息子ももてた。ずっと誘いたいと思っていたんだよ。二人で飲まないかと。だがなんだかタイミングがなくてね。三人では何度も会っていたが、私はどうにかして二人っきりになりたかったんだ。今日はやっと夢が叶って嬉しいよ」

「そんな……僕から誘えば良かったですね」

「いやいや」眩しそうに目を細めて僕を見て笑った。

祐一さんがレンゲで豆腐を掬い、何度か息を吹きかけてから口に入れた。

祐一さんは障害のある弟の面倒をずっとみていたと、母ちゃんから聞いていた。その弟が亡くなったのが祐一さんが四十一歳の時だったとも。

祐一さんと初めて会った日のことが蘇《よみがえ》る。僕と母ちゃんが住んでいたアパートに、祐一さんがやって来た。日曜の昼食を一緒にすることになっていて、祐一さんはケーキを持参してきた。母ちゃんはパスタの味はどうかしらと言った。いつもはスパゲッティと言っていたから、気取った言い方をしていると思って、嫌な気分になった。僕たち三人は当たり障りのない話をした。その時も祐一さんは今みたいに眩しそうに目を細めて僕を見て、笑った。僕は言った。大学の近くに下宿先を見つけたので、そこに引っ越しますと。祐一さんはびっくりした顔をした。母ちゃんは怒ったような口調で、どうしてよと言ってきた。僕はどうせ社会人になったら一人暮らしをするつもりでいたし、それが少し早まるだけだと説明した。でも母ちゃんは、それじゃまるで私たちが追い出すみたいじゃないのと言った。僕はそのひと言に衝撃を受けた。母ちゃんにとって私たちというのは、母ちゃん自身と祐一さんの二人のことだったから。それまで母ちゃんが私たちと言う時は、母ちゃん自身と僕とのことだった。でももう母ちゃんの私たちに、僕は入っていないんだと知って寂しくなった。僕は宣言通りアパートを出て一人暮らしを始めた。それから祐一さんと会う時はいつもその隣に母ちゃんがいた。祐一さんは母ちゃんとセットの人になった。

祐一さんが言った。「りか子さんともいつか会えるといいんだが。お姉さんとは連絡取ってるの？」

「えっと……まぁそうですね、時々」と言葉を濁《にご》す。

僕は鶏の唐揚げを口に放り込んだ。

ニンニクの香りと鶏の旨味を感じながら嚙み下した。

「建設中の現場に行くこともあるの？」祐一さんが質問してくる。

「あります」

「そう。私は建設中の様子を見るのが好きでね。目にするとつい覗いてしまうんだよ。毎日少しずつ完成に近づいていくのがいいよね。仕事としてもいいじゃないか。ゴールが建物の完成なんだから。格好いいよ」

「そうなのかもしれませんが、僕はまだ半人前なもんで自分一人で手掛けたものはないんです。先輩が関わっている物件の手伝い程度だと、ゴールに近づいていく感慨とか竣工《しゅんこう》した喜びとかは味わえなくて。結構淡々と仕事をしています」

「そのうちだよ」祐一さんが言う。「今は修業中なんだろ？　そのうち一人で仕事をして喜びを感じるさ」

「そうでしょうか。だったらいいんですけど」

「どんな仕事にも喜びと苦労があると、高校の担任が言っていたんだが、あれは先生の勘違いだったな。勘違いでなかったとしたら、子どものやる気を出させるための嘘だった。仕事の中には苦労はあっても、喜びがないものだってある。そういう現実は教わらなかったよ。ま、守君の仕事ではそういうことはないだろう。完成した時や成約した時に喜びを感じる瞬間があるさ。運がいいよ」

「薬剤師の仕事はどうなんですか？」

「薬剤師？　残念ながら苦労はあっても喜びはない仕事だ」

「そうなんですか？」僕は尋ねた。

「あぁ。ミスは許されない。患者さんの命に関わるからね。常に緊張を強いられる仕事だ。だが患者さんがよくなっていく様子は、医者じゃないから目の当《ま》たり《あ》にはできない。完全な黒子なんだよ。患者さんから感謝もされないしね。退院する時患者さんは、医者やナースに感謝の言葉を並べる。だが薬剤師にはない。ほとんどの人は存在そのものに気付かない」

「それじゃ……それでいいんですか？」

「いいも悪いもそういう仕事だからね」

「でもそれだと毎日辛くないですか？」

「最後の砦《とりで》だと思ってるよ。医者からの処方箋《しょほうせん》を見てちょっと納得いかなくて、カルテをチェックすることがあるんだ。それでおかしいと思ったら確認する。先生、処方箋にこう書いてありますが量が多くないですかと言ってね。その通りだ、有り難うなんて言ってくれる医者は滅多にいなくてね、ただ新しい処方箋が回ってくるだけだ。ミスを指摘されて恥ずかしいのか、余計な口出ししやがってと不満なのかはわからない。ただ患者さんに間違った量の薬を渡さずに済んだ。最後の砦としての役目を果たせたことでほっとする。喜びはないが役割はある。そういう仕事だと思っている」

祐一さんはビールを飲んだ。箸を持ち刺身を摘むと口へ運ぶ。それからまたジョッキを傾けて飲み干すと、メニューに手を伸ばした。しばらくの間メニューを眺めた後「焼酎にするかな」と言った。

祐一さんは焼酎のロックを、僕は梅サワーを追加注文する。

右隣の個室から「おー」と男たちの歓声が聞こえてきた。すぐにパチパチと拍手の音に変わる。

それに比べてこの部屋は静かだった。それが心地いい。誰と一緒の時でも会話が途切れると落ち着かなくて、必死で次の話題を探すのだけど、今はそういうのが気にならなかった。祐一さんもまたなんとも思わない気がした。どうしてこれまで祐一さんを避けてきたんだろう。母ちゃんとセットの人を知ろうとしなかった。だけど母ちゃんが選んだ人なのだから、多分素敵な人なんだろう。いや、きっと。でも僕は親しくなりたくなかった。なにに頑《かたく》なになってたんだろう。これまでの自分がバカみたいだ。でも……母ちゃんたちが結婚して三年余り。それだけの月日が経ったから、こんな気持ちになったような気もする。母ちゃんは幸せそうだし。その理由はきっと祐一さんだ。

僕は尋ねた。「元々薬剤師になりたいと思ってたんですか？」

「ん？　いやいや。子どもの頃は医者になりたかったんだ。弟の身体を治せる人になりたいと思って。だが中学生になって医者では弟の身体は治せないとわかってからは、薬を開発したらいいんじゃないかと考えるようになってね。それで薬の開発者になろうと薬学部に入ったんだ。だが卒業生の多くは薬局に就職する。薬の開発をするには、大学院に進学するか製薬会社に入るかなんだ。だが進学する金はなくてね、それで製薬会社の採用試験を受けまくったが、どこにも入れなかった。夢破れたんだよ。結局今の病院に就職したということなんだ」

「そうだったんですか」

「守君は？　どうしてゼネコンだったの？」

「どうしてだったのか……消去法で決めたんです。どういう業界がいいのか考えていた時、これはちょっとないなとか、わからないなと消していったらたまたまゼネコンが残った。そんな感じです。はっきりと自分の考えをもてないまま就職活動に突入してました」

「それは本当かい？　これはちょっとないなと考えた時点で、それはもうちゃんとした意思決定じゃないか。首を捻ってるね。それじゃまずどんな業界を消したの？」

「んー」僕は記憶を辿《たど》る。「金融は最初に消しましたね」

「それはどうしてだったの？」

「うちの大学では証券会社が人気だったんです。給料がとても良かったですから。でも株や債券の売買の取り次ぎというのは、なんだか寂しいなと。形があるもののほうがいいと思ったんです。株だって債券だってちゃんと書面という形がありますよね。それなのに大学生の時はそう思わなかったんです。感じなかったというか。はっきりと形があって、自分の仕事の結果にちゃんと手で触れるものがいいと考えて、金融は消しました」

何度も頷いた。「やっぱりちゃんと自分で考えて選んでいるじゃないか。自分の考えに辿り着くために消去法を使っただけで、それは消極的な選択だったわけじゃないよ」

「そんな風に考えたことありませんでした。なんかちょっと……僕自身が選んだ道のような気がしてきました」

「守君が選んだ人生だよ」きっぱりと祐一さんが言った。

「僕はずっと――恥ずかしい話なんですけど、なにか自分にも特別なものがあるんじゃないかと、自分に期待していたんです。小さい頃からフツーでそういう自分が嫌だったんです。でも結局フツーのサラリーマンになりました。今はもうそれを受け入れていますし、今の職場で頑張ろうとも思っています。喜びはそのうち感じるようになるかもしれませんけど、苦労のほうはどうやって凌《しの》いだらいいんでしょう」

「凌げるかなぁ。そういうもんだと受け入れて、それでも前に進むしかないんじゃないかな。そういえばりか子さんはとっても将棋が強いんだってね。お母さんから聞いたよ。歩という駒があるね、最初に並べた時自陣の最前列にずらっと並べる歩。前に一つしか進めない駒で、一番弱いが手持ちの中では最も数が多い。大抵の人はこの歩なんじゃないかな。角や飛車は遠くまで一気に進めるが、歩は前にだけ一つずつだ。だがこの歩にだってちゃんと役割があって、必要な存在だ。なくてはならない。この歩の魅力は、相手の陣地に入るとと金になるところだと思う。敵陣に入った途端パワーが一気に増えて、金と同じ動きをするなんて格好いいよ。この歩の使い方が勝敗を分けるというじゃないか。多くの人だってそうだ。必要な存在で役割がある。一歩ずつ進む。前線だから怖い目にも嫌な目にも遭《あ》う機会が多いし、苦労も多い。それでも前に進むんだ。そうしていればやがてと金になれる機会がくるだろう」

祐一さんはグラスに手を伸ばし焼酎をひと口飲んだ。そしてグラスをすぐにコースターに戻した。

僕はそのグラスの中の大きな丸い氷を見つめる。

それはキラキラと輝いていた。

祐一さんがお絞りを自分の額にあてた。「いかんな。せっかくの楽しい酒の席で説教臭いことを言っては。酔っぱらいの戯言《ざれごと》だ。聞き流してくれ」

「いえ」首を左右に振った。「僕の生き方も悪くないように思えてきました」

「そうかい？」

「はい」

「それなら良かった」

祐一さんが眩しそうに目を細めて笑った。

平成6年（1994）

姉ちゃんが将棋盤に手を伸ばす。金の駒を摘む。少しだけ持ち上げると盤にパチンと音をさせて置いた。

対局相手の男はぐっと背中を丸め、盤を見つめる。

姉ちゃんはペットボトルのキャップを捻り、水をぐびぐびと飲んだ。それからその隣の袋に手を突っ込み、キャンディーを一つ取り出す。包み紙を剝《は》がしてピンク色のキャンディーを口に放った。そしてその包み紙は畳の上の盆に捨てた。

その盆の上には、そうやって捨てた包み紙が山となっている。それらはすべて白地に苺《いちご》の柄がプリントされたものだった。

九州にある大きな街の小さな将棋クラブでの対局だった。姉ちゃんにプロを目指すよう勧めたのは、五年前のことだった。結局姉ちゃんは女流育成会に入会せず、父ちゃんとの生活を続けることを選んだ。

僕は左へ顔を向けた。

父ちゃんはあぐらを掻き対局を見つめている。

僕と父ちゃんの周囲には、同じように対局を観戦している二十人ほどの人がいた。部屋に暖房は入っているのだが底冷えがしている。観戦している人たちの所々に小型の電気ストーブが置かれていて、時折そこに手を伸ばす人がいる。また使い捨てカイロを握る人も見られた。気温に無頓着《むとんちゃく》な姉ちゃんでさえ寒いのか、膝にブランケットを掛けていた。

土曜日の午後三時。あと十日でクリスマスだった。

九州のこの街でも、あちこちでクリスマスの飾り付けがなされていた。バブルが弾けて以降僕のボーナスはどんどん減っていて、今冬もまた去年より減額された。

男が渋い表情で駒を動かした。

姉ちゃんがすぐさま駒を摘み上げ盤に置いた。

男は顎に手をあてゆっくりと擦る。そうしてしばらくしてからまた一つ駒を進めた。

即座に姉ちゃんが駒を前に動かす。

男が首を捻り考え込む。それから五分以上経ってから駒を打ち込んだ。

時を置かずに姉ちゃんが駒を進める。そして水を飲みキャンディーを口に入れた。

僕はとても寂しくなった。姉ちゃんから情熱が消えている。普段の姉ちゃんはただの変わり者だが、将棋を指している時だけは格好良かった。それなのに……。前は対局中の姉ちゃんからヒリヒリするような凄みが伝わってきて、その度に僕はすげぇと思い、同時に嫉妬《しっと》したものだった。しかし今日の姉ちゃんには迫力がまったくない。どこにいっちゃったんだよ、あの凄みは。勝ってやるといった気迫は。これじゃ、ただのちょっと将棋が強い人じゃないか。そんな将棋いつからだよ。なんだって僕がこんなに寂しいんだよ。姉ちゃんからプロになるつもりはないと電話を貰った時も寂しかったが、今それの何倍も寂しいよ。

それから十分もしないで姉ちゃんが勝った。父ちゃんは世話役らしき人から封筒を受取ると、周囲に笑顔を振り撒《ま》いてその部屋を出た。僕と姉ちゃんも後に続いた。

住宅街の所々に更地《さらち》があり雑草が生《お》い茂《しげ》っている。そこには投棄されたと思われるテレビや電気スタンドが転がっていた。

こんな空き地を最近はよく目にする。ある程度の広さの土地があれば、その所有者に働きかけマンションを造り、売って儲けるというのが僕の課の仕事だ。造れば売れるのでとにかく造れと教わった。だがバブルが弾けてからはぱったりと売れなくなった。先週だった。下請け会社の社長が僕の職場にやって来て、応接室で土下座をした。僕と先輩の前でカーペットに額を擦りつけて、会社を助けてくれと言った。先輩も僕も助けてあげられはしない。それはとてもはっきりしているのだが、なんとも居《い》た堪《たま》れない気持ちになった。下請けの会社が大変なのは充分わかっているが、うちの会社だって危ないのだ。その社長には、まだ景気が良かった頃に色々な所へ連れて行って貰った。ゴルフや高級料亭や、高級クラブ。大人の遊び方を教わったのはその社長からだった。温厚でいつも笑顔の人だった。お洒落で、イタリアから生地を取り寄せてスーツを誂《あつら》えていた。土下座している時のスーツも高級そうに見えた。やっとのことで社長に帰って貰った後で先輩が言った。プライドはないのかねと。呆れたような口振りだった。その日帰宅途中の乗換駅で、その社長を見掛けた。駅員相手に怒鳴り散らしていた。因縁《いんねん》を付ける姿はヤクザのようにも、駄々《だだ》っ子のようにも見えた。僕は社長に見つからないよう顔を背《そむ》けて足早に改札を通り抜けた。電車のつり革に掴まった時なにもかもが嫌になった。バブルが弾けたことも、土下座をした社長のことも、見つからないようそそくさと改札を抜けた自分のことも。胸の中に苦いものが生まれ、それが全身に広がっていった。そしてどうしてゼネコンを就職先に選んでしまったのだろうと、ため息を吐いた。人生は自分の思い通りにはならず、景気や時代に翻弄《ほんろう》されてしまう。

先頭を歩いていた父ちゃんが振り返った。「すぐそこだから、ファミレス。ファミリーで行くならファミレスだろ?」

姉ちゃんも僕もなにも言わなかった。

九年ぶりに見る父ちゃんはまったく老けていない。なにが楽しいのか、瞳を輝かせて面白がる様子も変わっていなかった。

ファミレスは国道沿いにあった。一階が駐車場になっていて、階段を上った二階が店になっている。窓側の席に座ると片側三車線の大通りが見下ろせた。

姉ちゃんがトイレに行くため席を立つと、父ちゃんが聞いてきた。「どうだ？　元気にやってるのか？」

「まぁなんとかね」

「景気はどうなんだ？」

「悪いね。特に僕が働いている業界は悪い。うちの会社じゃボーナスは減ってるし、早期退職者を募《つの》ったりしてるしね。家のローンを抱えている人や、子どもがいる人は特にびくびくしてるよ。肩叩きにあうんじゃないかと不安でさ」

「守は大丈夫なのか？」

「どうだろう」僕は首を捻る。「わからない」

「わからないのか？」

「わからないよ。僕を会社に必要な人間だと評価してくれる上司がいたとして、その上司は、さらにその上司からは必要だと思われてないかもしれないだろ？　会社に残れるのか残れないのかの判断そのものが、凄く曖昧《あいまい》なところから生まれたものなんだよ。個人の売り上げの数字がはっきり出ているセクションもあるが、僕が所属している課はチームで仕事をしているから、課の成績は出るが個人ごとの数字は出ないしね」

真面目な顔をした。「守がそんな目に遭うとはな。父ちゃんは夢にも思わなかったよ。お前はちゃんとしてるから、穏《おだ》やかで正しい人生を歩むもんだと思ってたがな。とんでもないヤツだな、景気ってのは。まっとうに働いているってのに先が見えないんじゃ、哀しいじゃゃねぇか」

「まぁね。父ちゃんは？　相変わらず姉ちゃんに賭け将棋をさせて、それで食ってるの？」

「そうあからさまに言われちゃうと答え難《にく》くなっちまうが、ボートだって馬だって、パチンコだって、ガツンと当たりゃガツンと稼げるんだぜ」

「だがガツンと外れることがほとんどなんだろ？」僕は聞いた。

「言うねぇ」

「姉ちゃんの将棋随分と変わったね。相手が弱くてつまらない時でも、今日みたいな将棋はしなかったろ？　さっきのはたまたまだったのかな？」

「守も気付いたか。そうなんだよ。ここんとこあんな調子なんだ。ま、それでも負けないがな」

注文したものがテーブルに並べられた。それからしばらくして姉ちゃんが戻って来た。席に座るや否や姉ちゃんがプリンを食べ始める。

BGMはクリスマスソングのメドレーが続いている。通路を挟んだ隣のテーブルの横にはポインセチアが並んでいて、すべての鉢《はち》が金色の紙で覆《おお》われていた。

僕は姉ちゃんに話し掛ける。「どこか具合でも悪いの？」

手を止めた姉ちゃんが、僕を真っ直ぐ見つめてきた。「なんで？」

「いやぁ、なんとなく。トイレからなかなか戻って来なかったし……また個室で寝てた？」

「寝てはいない。急に具合が悪くなったりするんだよね。少しすると突然元に戻るんだけど」

「病院行った？」

姉ちゃんはスプーンを皿に置くと、テーブルの一点をじっと見つめる。それから急に顔を上げると窓へと向けた。しばし窓外の景色に目をあてていたが、顔を戻してテーブルの一点に瞳を据えた。

姉ちゃんは一体どうしたのだろう。まるでなんと答えるべきか迷っているようじゃないか。

時を置いて姉ちゃんが口を開いた。「病院には行ったよ。そうしたら妊娠三ヵ月だと言われた」

「えっ？」

僕は聞き返したが、姉ちゃんはプリンの続きに取り掛かってしまいなにも答えない。

僕は父ちゃんへ目を向けた。

父ちゃんは衝撃を受けたといった顔をしている。父ちゃんの口が動き始めた。しかしすぐに動きを止めてしまった。

ウェイトレスがやって来て、僕らのグラスに水を注ぎ足して立ち去った。

僕は「今妊娠したって言った？」と確認する。

姉ちゃんが「うん。言った」とプリンを食べながら答えた。

「姉ちゃんの話？　妊娠したのが姉ちゃん？」僕は確認する。

「ほかの人の話はしてないよ」姉ちゃんが答えた。

「相手はどこの誰？」

「森枝翔平《もりえだしょうへい》さん」

「父ちゃんはその人知ってる？　父ちゃん？　父ちゃんってば、森枝さんを父ちゃんは知ってるの？」

「俺は……知ってるか？」と姉ちゃんに尋ねた。

「何度か会ってる」と姉ちゃんが答えると、父ちゃんはぐっと身体を前に傾けて「どこで？」と言った。

「五月屋《さつきや》で」

父ちゃんは必死で思い出そうとするかのように、眉間《みけん》に皺《しわ》を寄せた。

どうやらアパートの近くにある定食屋で、父ちゃんはその森枝と何度かすれ違っているらしい。だが父ちゃんの記憶には残っていなかった。姉ちゃんに質問を重ねてわかったのは、森枝は姉ちゃんより一つ年下の三十一歳で、工事現場で働いているということだった。

僕は聞いた。「妊娠したことを森枝さんには言ったの？」

姉ちゃんが頷いた。「言った」

「そうしたら？」

「いいよって」

「なにそれ？　なにがいいんだ？」

「産んでもいいってことじゃない？」

「そうなの？　結婚してもいいよって意味ではないの？」

姉ちゃんが首を傾げる。「わからない」

「なんでわからないんだよ。そこ大事なところじゃないか。はっきりとしておこうよ、そこはさ。結婚しないということになったら、姉ちゃん一人で育てなきゃなんないんだぞ」

それまで黙っていた父ちゃんが突然質問をした。「産むのか？」

姉ちゃんは驚いた表情を浮かべた後で「産むよ」と宣言した。

姉ちゃんと父ちゃんが見つめ合う。

しばらくして視線を外したのは父ちゃんのほうだった。

やがて姉ちゃんはテーブルに突っ伏して眠り出した。父ちゃんはひたすらタバコを吸い続け、僕は喉が渇いているわけではないのにグラスの水を飲み続けた。

姉ちゃんが目を覚ますと、二人が今住んでいるアパートに向かった。姉ちゃんは炬燵《こたつ》に入るとまたすぐに眠ってしまった。父ちゃんに外へ出ようと促されて、僕は部屋を出た。

通路に出た途端強い風が吹き抜ける。

急いでダウンコートのファスナーを上げフードを被った。それから父ちゃんの後に続いて一階に下りた。

父ちゃんが自分の手を擦り合わせてそこに息を吐く。「五月屋で張っていよう」

「えっ？」

「森枝を五月屋で待つんだ。今夜来るかどうかはわからんが、とにかくそうするしかないだろ」

「森枝さんが来たらどうするの？」

「話をするさ」父ちゃんがぶっきらぼうに言った。

「なんの話をするつもり？」

「りか子をどうするつもりなのか、子どもをどうするつもりなのか、そういうことを聞かせて貰うんだよ。さっきのりか子の話じゃよくわからんだろ？」

「まぁ、そうだね。とはいっても、森枝さんのことを父ちゃん全然覚えてないんだろ？ それじゃ店で張ってても意味ないんじゃないの？」

「そんなことは店の人に聞きゃあいいんだ」と父ちゃんは怒ったように言って歩き出した。

細い通りを十分ほど進み車が通れるほどの道に出た。少し先に空き地があり、その隣に定食屋とラーメン屋が並んで商売をしている。その向かいには、小さな看板を出している内科クリニックがあった。

五月屋に入ると、父ちゃんは顔見知りらしき六十代ぐらいの女性店員に話し掛けた。そして森枝が来たら、相手にわからないように教えてくれと頼んだ。父ちゃんは豚汁定食を、僕は唐揚げ定食をオーダーし、一本の瓶ビールを分け合った。

父ちゃんはコップのビールを一気に飲み干すと、すぐに手酌《てじゃく》で注ぎ足した。それからタバコに火を点け忙《せわ》しなく煙を吐き出す。

僕は出窓の所に並ぶ漫画本に目を向けた。

二十冊ほどの漫画の中に仮面ライダーがあった。

まだ子どもだった頃、僕はテレビの仮面ライダーに夢中になった。父ちゃんも僕以上に嵌った。ある日仮面ライダーごっこをすることになった。普通であれば子どもの僕が仮面ライダー役で、大人はショッカー戦闘員役をしてくれると思うのだが、父ちゃんは違った。自分が仮面ライダーをやるといってきかなかった。僕が泣き出してもお構いなしだった。呆れた母ちゃんが父ちゃんを叱っても、俺だって仮面ライダーがいいんだと言い張った。母ちゃんがそれじゃ交代にしなさいと妥協案を出した。僕が仮面ライダー役になると、ショッカー戦闘員役の父ちゃんは強くて全然負けてくれなかった。僕は姉ちゃんに助けを求めた。姉ちゃんは渋々といった感じだったが、「イー」と言いながら僕と一緒に父ちゃんと戦ってくれた。そうやって僕の助太刀《すけだち》をしながらも、姉ちゃんはよくわかっていなかった。「イー」と言うのはショッカー戦闘員なので、姉ちゃんはショッカー仲間を裏切って戦う状況になっていた。僕は仮面ライダーの姉弟という設定で、同じチームとして戦いたかったのだが。母ちゃんはそんな僕らを見て「滅茶苦茶だけどどうちらしいわね」と言って笑った。まだ家族だった頃の貴重な思い出だった。

料理が運ばれて来た。

父ちゃんは苛立った様子で、タバコを灰皿に何度も擦りつけてから箸を握った。

割り箸を割って僕は小声で言った。「全然わからなかったの？　姉ちゃんが……そういうことになってたのを」

ぎろっと僕を睨む。「あぁ。わからなかったよ」

「僕に怒んなよ」

「怒ってないよ」

「怒ってるじゃないか」

「怒ってないって。いいから食え」箸で僕の皿を指した。

僕らは食事を始める。

隅のかなり高い位置に置かれたテレビから、女の歌声が聞こえてきた。アイドル歌手がクリスマスソングを歌っている。

店にいる十人ほどの男たちは、下手ではあるが明るいその歌声を聞きながら黙々と食事をしていた。

およそ二十分後に女性店員が僕たちのテーブルに来た。コップに水を注ぎ足しながら、今来た客が森枝だと小声で教えてくれた。

僕は振り返りその男に目を向ける。

モスグリーン色のセーターを着た男は、テーブルに広げたスポーツ新聞を読んでいる。眉が太くぼさぼさの髪をしていた。

父ちゃんと僕は残っていた食事を胃の中に収め、ビールも飲み干した。伝票に書かれていた額の金をテーブルに置くと、席を立つ。

男の前に立った父ちゃんは「森枝翔平さんかい？」と尋ねた。

「……あぁ」

「小池りか子の親父だ。こっちは弟。りか子のことで話があってここで待ってたんだ。座らせて貰うよ」と言って森枝の向かいに座った。

森枝はゆっくり新聞を畳み、隣の席に置くと「話というのは？」と静かな調子で聞いてきた。

父ちゃんが自分の膝にのせたコートをぎゅっと摑んだ。「りか子をどうするつもりだ？」

「どうする?」と森枝は繰り返した後で、「籍を入れろと言ってるんですか?」と質問した。

「それもあるし、子どものこともだ」

「いいですよ」

「いいと言うのはなんだ? なにがいいんだ?」

「籍を入れてもいいですよ。彼女がそうしたいなら。それに彼女が子どもを産んで育てたいと言うなら、一緒に暮らして育てますよ」

父ちゃんは森枝を値踏みするかのようにじっと見つめる。

その時女性店員がテーブルにやって来た。

カレーライスの皿が置かれると、森枝はスプーンをコップの水に一度浸けてから食べ始めた。

しばらくして父ちゃんが口を開いた。「どうもあんたの気持ちがわからんな。りか子が望むなら籍を入れて子どもを育てて一緒に暮らすと言うが、あんたの気持ちはどうなんだ? 嫌々なのか?」

森枝が答える。「考えていなかったんです。彼女と暮らしていくとか、子どもを育てていくとか、そういうのはなにも。だから彼女がそうしたいと言うなら、それでもいいと思っているだけです。嫌々ではないですね。もし彼女が俺とはもう会いたくないと言うなら、それでもいいですよ。彼女次第です」

「りか子次第って……あんたはそれでいいのか？　自分の人生を人任せにしてよ。そんなんでりか子をちゃんと幸せにしてやれるのか？」

うんざりしたような顔をした。「俺と一緒になって幸せと思うかどうかは彼女次第です。俺が幸せにするとか、そういうのは違うでしょ」

「違うってことはないだろう。違うってどういうことだよ」

僕は「落ち着いて」と父ちゃんに声を掛けて、森枝に向けて質問した。「工事現場で働いていると姉から聞いているのですが、そうなんですか？」

「ええ」

「工事を請け負う会社の正社員として勤務しているんですか？」僕は続けて聞いた。

「いや。今は契約社員。前にいた所じゃ正社員でしたがクビになったもんで」

「建築関係は今どこも厳しいですからね。僕はゼネコンで働いているので、業界の大変さは知っているつもりです。こんなことを聞くのは失礼かとは思いますが、大事なことなのでお尋ねします。姉と子どもと三人での暮らしが成り立つぐらいの給料は貰えてますか？」

「……どうですかね。どれくらいかかるのかわからないからはっきりとは言えないが、同僚の中には家族持ちがいるんで、やってはいけるんじゃないでしょうか」

「ご家族は？」

「お袋は大分前に亡くなりました。親父はＩ県の田舎で、俺の兄貴と畑仕事してます」

森枝は皿の端に溜まっているカレーを掬って、なにものっていない白飯の上に掛けた。そうやってからスプーンで掬い口まで運んだ。

どうも森枝からは誠意が感じられない。好きですとか結婚させてくださいなんて言わなくてもいいが、せめてそういう気持ちがあると匂わせて欲しい。一体姉ちゃんは森枝のどこに惹《ひ》かれたんだ？　こんな男でいいのかな、姉ちゃんは。子どもができたんだから、今更あれこれ言ってもしょうがないんだが。それにしても姉ちゃんにちゃんと子育てができるのかなぁ。森枝の様子じゃ、子育てを手伝ってくれそうには思えないし。姉ちゃんにもちゃんと母性があって、母親になったらがらっと人が変わる……というのを期待するしかないのかな。賭け将棋はもう終わりか。金づるだった姉ちゃんを手放すのを機に、父ちゃんは働こうとするだろうか。さっきから父ちゃんの機嫌が悪いのが、純粋に娘を心配しているだけじゃない気がしてしょうがないんだが。

父ちゃんが「俺は反対だ」と宣言した。

森枝も僕も黙っていると、しばらくしてまた「俺は反対だ」と繰り返した。父ちゃんが低い声で言った。「そんなんじゃ幸せになれっこないだろ。一緒になろうって強い気持ちがなけりゃ、長く続きやしない。あんたと一緒になったってりか子は幸せになれないね。それは凄くはっきりしてる。だから俺は反対だ」

森枝が冷静な口調で「反対ですか。それじゃどうします？」と聞いた。

「どうもこうもないさ。子どもはこっちで育てるよ」父ちゃんが断言した。

「それでも構いませんよ。そうしますか？」森枝が言った。

僕は慌てて口を挟んだ。「ここで勝手に決めることじゃないですよ。姉がどうしたいか確認します。ついさっき妊娠の話と森枝さんの話を聞いたばっかりなので、姉の気持ちをしっかり聞いてから改めて話をしに来ますよ。今日のところはこれで失礼します。父ちゃん、ほら行くよ。父ちゃんってば」

僕の腕を振り払い、父ちゃんは「あんたとじゃりか子は幸せになれない」と言い募った。

森枝の顔に冷笑が浮かぶ。「それじゃ彼女は今幸せなんですか？　父親に賭け将棋をさせられて日本中を転々とする暮らしのほうが、彼女は幸せになれるんですか？　父親を養《やしな》っている今の状態が幸せだというのが、そちらの考えですか？」

「…………」

森枝が続けた。「そりゃあそちらは反対するでしょう。養って貰えなくなるんですから。いい加減解放してやったらどうなんです？　とにかく彼女の好きにさせてやることです」

父ちゃんは険しい顔で森枝を睨んだ。

僕は父ちゃんの腕を摑んで席を立たせようとする。

父ちゃんは再び僕の腕を振り払ったが、今度は立ち上がった。そして猛スピードで出入り口まで進むと店を出て行った。

僕は目だけで森枝に会釈《えしゃく》すると父ちゃんの後を追った。ダウンに袖を通しながら父ちゃんを探す。

父ちゃんは通りの先で誰かと話をしていた。

午後八時。また一段と寒さが厳しくなっていて、コートのポケットに手を入れる。

父ちゃんに追いついて聞いたところでは、出くわした近所の人と一緒にこれから緊急の住民集会に行くという。僕は二人と別れ一人でアパートに戻ることにした。

部屋のドアを開けると、姉ちゃんは炬燵に入りながらポテトチップスを食べていた。

僕は炬燵布団を捲って姉ちゃんの斜め横に座った。足を入れた時姉ちゃんの足とぶつかり「ごめん」と謝る。

姉ちゃんは「うん」と答えて足の位置を少しずらした。

僕は五月屋でのことを姉ちゃんに話した。姉ちゃんは目を真ん丸にして、途中質問などを一切せずに僕の話に耳を傾けた。そして僕が話し終えても口を開こうとしなかった。

僕はテーブルのミカンに手を伸ばした。「森枝さんはさ、姉ちゃんが好きなものや嫌いなものを知ってる？」

「なに？」

「姉ちゃんが好きな色は赤だとか、好きな国はフィンランドだとか、そういうのだよ。姉ちゃんはミネラルウォーターを買うヤツを馬鹿だと思ってて、箸を使うのが苦手だとか、そういうの森枝さんは知ってるのかな？」

「……知らないと思う」

「やっぱり。なんか……森枝さんは姉ちゃんにあんまり興味がないような気がしたんだよ。だから——姉ちゃんが心配だよ」

「…………」

「それでも森枝さんと一緒になりたいんだよね？」僕は確認した。

「……わからない」

「わからないの？　わからなくて子ども作んなよ」

「そうだね」

「だがまぁ子どもは産まれてくるわけだから、答えを出さないと」

「うん」姉ちゃんが頷く。

「姉ちゃんが森枝さんと一緒になると決めたら、父ちゃんは反対するだろうがそれは無視しろよ。父ちゃんは自分勝手なんだから。父ちゃんは、姉ちゃんのこれからを考えて反対してると言うだろうが、そこには父ちゃんの都合が入ってるからな。姉ちゃんは自分の気持ちだけ考えるようにしろよ。勿論《もちろん》子どもを育てていくということも含めて考えなくちゃダメだが」

「うん。守が私の親みたいだね」

「そうだな。なんで弟の僕が、こんなこと姉ちゃんに言ってるのかと思うよ。とにかくさ、姉ちゃんも変わらないとな。母親になって子どもを育てるんだぞ。姉ちゃんにできるか？」

「……どうだろう」

「飽きたって放り出せないんだぞ、子育ては」

「そうだね」姉ちゃんが神妙な顔をした。

「ま、自然と変わるもんかもしれないがな。ミネラルウォーターが嫌いだった姉ちゃんが昼間は飲んでたし、将棋も随分変わってたしな。すでにもう変化が始まってるのかもしれないな」

傷付いたといった表情をして小さな声で言った。「将棋が変わってた？」

「あぁ。自覚あるだろ？　僕にだってわかるぐらいだったんだから。勝負の世界に深く入ってなかったろ。これまでだったら十手先までを考えてから指していたような時に、二つ先まで考えたぐらいですぐに駒を動かしてた。相手が弱くてつまらない時だって、ちゃんと将棋の世界に入って遊んでたじゃないか。だが昼間は入ってなかったよ」

僕は二個目のミカンの皮を剝く。

あれはいくつの頃だったか――。姉ちゃんが大人を相手に対局していた時、僕は違和感をもった。後三手で勝てるのに、姉ちゃんはまったく違う駒を動かしたのだ。僕が気が付いたのに、姉ちゃんが気が付かないわけがなかったので、もっといい手があるのだろうかとじっと見ていた。だが将棋は続いてしまう。やがてまた後三手で勝てる局面が訪れた。姉ちゃんはまた僕が思うのとは違う駒を動かした。そして将棋は続いた。それからしばらくして、勝った姉ちゃんに確認した。もっと早く勝てる局面があったよねと。姉ちゃんはそうだねと頷いた。でも友達の駒ともっと遊んでいたい気分だったからと言った。姉ちゃんに人間の友達はいない。僕の知っている限り。その姉ちゃんが駒が友達だと言った。対局中は駒と一緒に戦っている感覚があると言う。勝つためにその友達を捨てて犠牲になって貰うこともあるが、決して文句を言ったり、その友情にひびが入ったりしない素晴らしい関係なのだそうだ。後三手で勝てるとわかっていたが、仲間がもっと遊びたいと言っているような気がしたので続けたと説明した。僕はそう聞いて羨ましかった。僕も駒と友達になりたいと思った。だがそんな感覚には一度もなれなかった。姉ちゃんだけが入れる将棋の世界があって、そこでは姉ちゃんはたくさんの仲間と一緒に遊べる。しかし僕はその世界に入ることを許されなかった。

姉ちゃんが口を開いた。「ミネラルウォーターは嫌いなままだよ。ペットボトルに水道の水を入れて持ち歩いてるだけなんだ」

「そうなの？　それじゃフィンランドは？」

「好きだよ。多分」

「多分なのかよ」

「アニメだったか漫画だったか覚えてないけど、フィンランドの男の子が出てくる話でさ、その子がくしゃみをする時フィンランドって言うんだよ。それが可笑《おか》しくてさ。なんかそれ以来フィンランドがお気に入りになったんだよ」

「そんだけ？」

「そんだけって？」

「フィンランドが好きになった理由が、そんなことだったの？」

笑いながら頷いた。「そんなこと」

「姉ちゃんが井《い》の頭《かしら》線が好きな理由のほうが、まだ理解できるよ。あれだろ？　揺れが一番心地いいんだろ？」

姉ちゃんが目を丸くした。「そうだった。よく覚えてたね」

「僕はね。姉ちゃんは僕が好きなものや嫌いなものを知らないだろ」

「守が好きなのはお煎餅。オヤツがお煎餅の時一番喜んでた。それからお相撲《すもう》が好き。本場所が始まると相撲中継を見たがるもんだから、アニメを見たい私と毎日揉《も》めた」

「……そうだっけ……そうだったかな。よく覚えてたな」

「まぁね」と自慢げに言った。

「なぁ、子どものこと母ちゃんには？」

姉ちゃんが途端に顔を曇らせる。「言わないで」

「どうして？　孫ができるんだから喜ぶだろ。ナースなんだし色々相談できるじゃないか。そういう人必要なんじゃないのか？　新米ママとしてはさ」

「……………」

「そんなに苦手?」

「うん」

ドアが開く音がした。振り返ると父ちゃんが三和土で靴を脱いでいた。姉ちゃんに顔を戻すと、緊張したような表情を浮かべている。

父ちゃんは姉ちゃんの向かいに座った。背後の棚に手を伸ばしピースの缶を掴んだ。

「ダメだよ」僕は咄嗟《とっさ》に声を上げる。「姉ちゃんの前でタバコを吸っちゃダメだよ。タバコの煙は妊婦には良くないんだろ、確か。さっきから姉ちゃんの前でタバコを吸ってるのが、気になってたんだ」

じろっと僕を睨んでから、父ちゃんはピースの缶を棚に戻した。「森枝に会ってきた話はしたのか?」

「あぁ」と僕は答えた。

父ちゃんが姉ちゃんに向けて言った。「りか子次第なんだとよ。りか子が望めば結婚して子どもと暮らすとさ。りか子が別れると言ったらそれでもいいんだと。そんな話があるか? お前はどうしたいんだって聞いても、はっきりしなくてな。その癖生意気なことを言いやがって。あんな男と一緒になったって幸せになんかなれないぞ。子どもだってな。

あんなヤツやめとけやめとけ」

姉ちゃんは黙っている。

すると父ちゃんが「子どもは俺とりか子と二人で育てりゃいいさ」と言い、パチンとテーブルを軽く叩いて「そういうことだ」と話を締め括った。

僕は言った。「姉ちゃんが決めることだ。姉ちゃんはもう三十二歳なんだし、ちゃんと自分で決められる年なんだから周りがあれこれ言うべきじゃないよ。父ちゃんは姉ちゃんの決断を受け入れるんだね。それが気に入らない結果だったとしても」

「なんだ、偉そうに」と父ちゃんが口を尖らせた。

そして父ちゃんはぷいと出て行った。しばらくして姉ちゃんが腹が空いたと言い出し、チキンラーメンをそのまま齧《かじ》りそうになったので僕はそれを止めた。僕はヤカンを火にかけて湯を沸かし、丼《どんぶり》に入れたチキンラーメンの上に注いでラップをした。腕時計で三分を計りラップを剝がして姉ちゃんの前に出すと、大きな声でいただきますと言って食べ始めた。僕は寒さを感じて炬燵布団を捲って温度調節パネルを確認したが、ダイヤルは最強に設定されていた。

僕は立ち上がり窓際に移動した。カーテンを少し寄せて外を探る。

雪が降っていた。

「雪だ」僕は姉ちゃんに教える。「道理で冷える訳だ。九州でも雪降るんだな」

「ここに来て初めてだよ、雪は」

僕は元の場所に戻り炬燵布団を胸の辺りまで引き上げた。

姉ちゃんはテーブルに手を突いて立ち上がり、隣の部屋に移った。

午後十時になっていた。

すぐに隣の部屋から姉ちゃんが言ってきた。「子どもの頃雪合戦したね」

「そうだっけ？　あぁ、やったなそういえば。どっちが勝ったっけ？」

「守だったんじゃない？　覚えてないけど。かまくらを作ったのは覚えてる。完成して中に入った途端天井が落ちてきちゃったんだよ。それで守が泣き出したんだ。守はもっと積み上げた雪を叩いて硬くして丁寧に作ろうとしたのに、私がもういいよってやめさせたから、姉ちゃんのせいだと言って泣いてさ。落ちた天井を中からなんとかしようとしたけど、ダメだったね。守が会社員になって建物を造ってるって聞いて、守が造る建物なら安心して中にいられるなって思ったんだ」

「僕が実際に造ってるわけじゃないんだよ」

「わかってる。それでも安心だよ、守が関わった建物ならさ。守はちゃんとしてるから」

「…………」僕は隣の部屋と接している壁へ顔を向けた。

「私はちゃんとしてないから……でもちゃんとしないと……できるかな、私に」

「できるさ。きっと。多分。いや多分じゃなくてきっと」

「手伝って」

「なにを？」

「荷造り」

僕は立ち上がり隣の部屋を覗いた。

六畳ほどの部屋の左隅にベッドがあった。そこに服と漫画本が載っている。薄いグレーのカーペットが敷かれていて、そこに大きなボストンバッグが二つ置かれている。

姉ちゃんが言った。「森枝さんの所に行く」

「今から？」

「今から」

「えっと……父ちゃんがいない間にってことか？」

「うん。父ちゃんに森枝さんと一緒になると言ったら、またやめとけとか、幸せになれないとか、そういうこと言い出すでしょ。それ聞きたくないから。それにここを出るなら守がいる時のほうがいいし。守は私の味方してくれるから」

「決めたのか？」

「うん」姉ちゃんが頷く。

「ちゃんとしっかり考えたのか?」

「うん」

「そっか。わかった。ベッドの上にあるの全部持って行くのか?」

「そう」

「このボストンバッグ二つに?」僕は指差した。「入るか?」

「入れて」

「無茶言うなよ」

結局二つには収まり切らず紙袋一つが追加された。僕がボストンバッグを両手に提げ、姉ちゃんが紙袋を一つ持ってアパートを出た。

牡丹雪《ぼたんゆき》が舞っている。

僕らはフードを被り歩き出す。

住宅街は静まり返っていた。道路に雪は積もっていなくてただ濡れている。ブロック塀の上に少しだけ雪が積もっていた。

十五分ほど歩き、三階建てのアパートの前で姉ちゃんが足を止めた。

「ここ」と姉ちゃんが言った。「荷物有り難う。そこに置いて」

一階の通路の端に僕はボストンバッグを置いた。「部屋まで運ぼうか？」

「部屋そこだから大丈夫」

「森枝さんがまだ帰って来てなかったら？」

「灯りが点いてるから、いる」

「そっか。あのさ、言うタイミングがなくてさ、実は僕も結婚するつもりなんだ」

「そうなの？」姉ちゃんが小さく笑う。「守はいっつも話すタイミングがおかしいね。ま、いいけど。で、どんな人なの？」

「どんなって……よく笑う人」

「よく笑う人か……それはいいね。おめでとう」

「あぁ。姉ちゃんも幸せになれよ。飽きてもやり続けるんだぞ。ほかの人もそうやって頑張ってるんだから、姉ちゃんだってできるさ」

「うん」頷いた。「父ちゃん大丈夫かな？」

「調子こいて、ずっと姉ちゃんの脛《すね》を齧ろうとしてた父ちゃんがいけないんだ。父ちゃんがなにか言って来てもシカトしろよ。父ちゃんのために賭け将棋をするのはもう終わりだ。普通の暮らしを楽しめよ。家族三人で暮らすようになれば、姉ちゃんの好きなものや嫌いなものを森枝さんも覚えてくれるさ」

姉ちゃんがじっと僕を見つめてきた。

僕はただ見つめ返す。

そうやって少しの時間が過ぎた後で、姉ちゃんが手をバイバイと振った。

僕はポケットから出した手を自分の顔の辺りまで上げた。それからくるりと身体を回すと一歩踏み出した。シャリシャリと音のする道を進む。犬を連れた老人とすれ違ってふと足を止めた。振り返って、姉ちゃんがこれから森枝と暮らすアパートを眺める。牡丹雪の

向こうにある灯りの点いた部屋を意味もなく数えてから、また歩き出した。

父ちゃんがいそうだと姉ちゃんが言っていたスナックは、飲み屋が並ぶ細い通り沿いに

あった。ドアを押し開けると、カウンター席に父ちゃんが座っていた。

父ちゃんが驚いた顔をして「よくここがわかったな」と言った。

僕は父ちゃんの隣に腰掛けビールを頼む。

父ちゃんの前の灰皿には大量の吸い殻があった。二つあるテーブル席のどちらにも、男

性客が一人で座っていた。カウンターの中では、五十代ぐらいに見える女性店員が立ち働

いている。

ビールをひと口喉に流し込んでから僕は言った。「姉ちゃんは荷物を持って森枝さんの

所に引っ越したよ」

「なんだって？」大きな声を上げる。

「姉ちゃんの門出を祝ってやれよ」

「祝ってやりたいさ、りか子が幸せになるんだったらな。だがあの男じゃダメだ。あん畜《ちく》生《しょう》はりか子をこれっぽっちも大切に思ってないぞ。なんでもかんでも彼女次第だと言うようなヤツと一緒に暮らして、りか子が幸せになれるか？　なれるわけないだろ。なんで引き留めなかったんだよ」

「姉ちゃんが決めたことだからだよ」

「あいつが子育てできると思うか？　料理や洗濯だってさ、そういうことがりか子にできると思うのかよ」

「それはまぁちょっと難しいだろうが」僕は認めた。「それはこれまでの姉ちゃんだったらの話でさ、母親になったら変わるかもしれないじゃないか。いや、変わるよ」

「お前ってやつは」苛立たしげに言った。「なに夢見てんだ。性根ってのは変わらないんだよ。変われないんだ。母親になったら？　変わるかよ、そんなもん。りか子に育てられる子どもが不憫《ふびん》じゃねぇか。違うか？　あいつは将棋以外じゃ、なに一つまともにできやしないんだからさ」

「だからって父ちゃんが育てられるようにも思えない」

「…………」

「心配だろうが二人を見守るしかないんだよ」

「不幸になるのがわかっているのに、みすみす黙ってろと言うのかよ。あぁ、まったくよぉ、なんだってこんなことになっちまったのかなぁ」がくりとうな垂れた後突然拳でカウンターを叩いた。「畜生」

カウンターの中の店員が驚いた様子で手を止めた。

僕はその店員に向かって小さく頭を下げて謝る。

カランコロンと鈴の音がした。開いたドアから男性客が入ってきて、奥のテーブル席に着いた。

僕は言った。「変わらないって父ちゃんは言うが、姉ちゃんの将棋はすっかり変わったよ。それ父ちゃんだって気付いてただろ？　変わらずにいて欲しいことだって、変わってしまうんだよ」

「…………」

「大学の友達で女性がらみのトラブルが多いのがいてさ、それが彼女に子どもができた途端人が変わったよ。今じゃ娘を溺愛《できあい》するマイホームパパだ。意図しなくても変われることもあるんだよ、特に子どもの存在によってね」

「うるせぇ。ちょっと黙ってろ。さっきからまっとうなことばっかり言いやがって。こっちはまっとうじゃねぇんだよ。まっとうじゃないもんに、まっとうな説教するのは無駄だと思い知れ」

なんだよ、それ。まっとうじゃないのを威張《いば》るなよ。潮時《しおどき》じゃないか。というか相当に遅すぎるがな。姉ちゃんに食わせて貰えなくなったわけだから、ちゃんと仕事を探して働いて欲しいんだが。昨日までお洒落で格好良かった人が、仕事をくれとへつらうようになる。将棋の時だけは集中できていた姉ちゃんが、あっさりした勝負をするようになる。いつまでも同じではいられず、変わってしまうものなのだ。世の中も人も。変わって欲しい時には変わってくれないんだが――。もしかしたら僕自身も変わっているのかもしれない。いや、かもしれないじゃなくて変わったな。少し前だったら諦めの悪い父ちゃんに対して、正義感を振りかざして食って掛かっていたろう。だが今そんな気持ちにはならない。父ちゃんも頑張れよなんて思ってる。

父ちゃんがグラスを一気に空けた。トンと音をさせてコースターにグラスを戻すと「畜生」と呟いた。そしてカウンターの中の店員に向かって「カラオケ。『ジョニィへの伝言』」とリクエストする。

店員は慌てた様子でリモコンを摑んだ。

曲が流れてくると父ちゃんは席を立った。最奥まで進みマイクを握る。

ジョニィが来たなら伝えてよ　二時間待ってたと

割と元気よく出て行ったよと　お酒のついでに話してよ

友だちなら　そこのところ　うまく伝えて

天井のミラーボールが回転を始めた。たくさんの楕円《だえん》形の白い光がゆっくりと流れ出す。その光が父ちゃんの身体に絡《から》みつくように動いた。

平成9年（1997）

自宅近くのデンタルクリニックの待合室にあるソファに座り、壁の時計へ目を向けた。予約した午後三時から十五分が経っている。

昨日歯の詰め物が取れてしまい、今日の予約を取った。土曜日なので混んでいると事前に聞かされていた通り、待合室には五人の患者でソファはすべて埋まっている。

六、七歳ぐらいの男の子が立ち上がった。鼻歌を歌いながら、僕の前にある雑誌のラックまで進み覗き込む。両手をポケットに入れたまま並んでいる雑誌をしばしチェックした後、鼻歌を歌いながらソファに戻った。

どうしてそんなに余裕綽々《よゆうしゃくしゃく》なのだろう。大人の僕が治療を前にびくびくしているというのに、子どものほうが平気な様子なのが不思議だ。もっと恐怖に慄《おのの》いている時ではないのか。まるで優良企業の取締役のような余裕を身に纏《まと》っているのが解《げ》せない。

名前を呼ばれて診察台に座った。女医からは何度も「リラックスしましょう」と声を掛けられ、終わった時には女性スタッフから「よく頑張りました」とお褒めの言葉を掛けられた。

クリニックを出た時携帯電話が鳴った。

画面に出ている名前を確認してから電話を耳にあてた。「もしもし、姉ちゃん？」

「うん。守？」

「あぁ」

「…………」

「姉ちゃん？　どうかした？」

「……助けて欲しい」

「えっ？　どうした？」僕は驚いて尋ねた。

「助けて欲しい。ごめん、守」

「なんだよ、どうしたんだよ。ちゃんと話せよ」

姉ちゃんの話は要領を得なかった。とにかく明日そっちに行くと告げ電話を切った。

通りを渡り一つ目の角を右に曲がる。狭い道を二十メートルほど歩き自宅マンションに到着した。

向かいのマンションの一階にある印刷会社が扉を大きく開けていて、ライトバンに荷物を運び入れている。

二年前の二十九歳の時に結婚し、同時期にこのマンションで暮らし始めた。築年数が二十年を超えていて、駅から十分の割に家賃が安かったので選んだ部屋だった。

ダイニングテーブルに着いていた妻の菜々子《ななこ》に向けて「ただいま」と言った。

「お帰り。どうだった？　痛かった？」菜々子が聞いてきた。

「あっ、忘れてた」手を頬に当てた。「麻酔で痛くはなかったんだがあの音がさ、怖いよな」

「忘れるぐらいなら、苦手なデンタルクリニックを克服できたってことなんじゃないの？」

「いや、ちょっと他の事に気を取られてただけだ。克服できたってわけじゃない。姉ちゃんから電話があってさ、なんだかよくわからないんだが緊急事態っぽいんだ。明日姉ちゃんのところに行ってくるよ。だから約束してたモデルルーム見学には行けない。本当にごめん。一週間ずらしてくれ」

「お義姉《ねえ》さんって、まだ私が会ったことがないりか子さん？」

「その姉ちゃん」僕は頷く。

「なにがあったのかしら？」

「わからない。だがというか、だから行って来るよ。ごめん」

「……………」

「前にさ、緊急事態だから来てくれって姉ちゃんに電話したことがあるんだよ。理由を言わずにね。姉ちゃんさ、すっ飛んで来てくれたんだ。他の人にとっちゃたいしたことじゃないよな、目的地まで移動するなんてさ。だが姉ちゃんにとっては物凄く大変なんだ。社会への適応力が八歳の子どもレベルだからね。それでも必死で来てくれたんだ。僕の緊急事態だからって。だからさ、今度は僕が行かないと。菜々子との約束をキャンセルして申し訳ないが、来週にしてくれ」

「私も行こうかな」菜々子が言った。

「えっ?」

「ずっと会いたいって思ってたし。緊急事態なんだったら嫁の私も行くべきじゃない?」

「そ、それはどうかな。菜々子が行く必要があるとは思わないな。まずはさ、僕が行って話を聞いてさ、それからだよ」

「会わせたくない?」

「会わせたくないってことはないよ。全然違う。そういうんじゃない」

恥ずかしいんだ。姉だと紹介するのは。僕はすっかり慣れているから、姉ちゃんの奇行もしょうがねぇなとやり過ごせるが、普通の人はそうはいかない。驚いた顔や呆れたといった顔をして姉ちゃんを見る。その視線が耐えられない。子どもの頃は僕も同類と思われるのが恐怖だった。大人になって、そうした思いは随分と小さくなったとはいうものの、菜々子の顔に驚きや呆れといったものが浮かぶのは嫌だ。姉ちゃんを嫌いではないんだが。優しいところがあるし、僕の普通のところを認めてくれたりするし……だがやっぱり姉だと紹介するのには抵抗感がある。できればそうしたことは避けたい。姉ちゃんは僕にとって……時に羨ましく、時に妬《ねた》ましく、時に面倒な存在だから。

僕は冷蔵庫を開けポット型浄水器を取り出した。グラスに水を注ぎすぐにそれを冷蔵庫に戻した。水を飲みながらキッチンを出ると、バチンと菜々子と目が合う。ごくりと水を呑み込んだ。

菜々子が口を開いた。「守が困ってるみたいだから、お義姉さんに会うのは今度にしてあげる」

「困ってはいないよ」

「いつかは会わせてね、お義姉さんにもお義父《とう》さんにも」

「まぁ、そのうち機会があればね」

「そんなに嫌なの？」

「嫌というか、なんというか……ちょっと変わってるから。何度か話したことあるだろ、姉ちゃんと父ちゃんのエピソード。人から話を聞くぶんには面白いかもしれないが、肉親だと全然面白くないから」

「守はさぁ、家族に完璧さを求め過ぎてない？」菜々子が言った。

「えっ？」

「完璧な人と一緒にいたらきっと息が詰まると思うな。私はそう。不完全な人と一緒にいるほうが楽だし、楽しいもの」

「…………」

「未熟な者が集まってすったもんだするのよ。そういうのを含めて人生なのよ」

「僕は……そんな風には思えなくてね。そんな風に思えたらいいのにと思うよ」

「思ってるわよ、きっと。ただそれを認めたくないだけなんじゃない？　お義姉さんの話をしている時の守からは、お義姉さんへの愛情を感じたもの」菜々子が微笑む。

「嘘だよ」

「本当よ。屈折してはいるけど、ちゃんと愛情をもってるじゃない」

「なんか……今日の菜々子はおかしいよ。僕を動揺させないでくれよ。とにかく荷造りするわ」ダイニングルームを出た。

飛行場に着いたのは日曜の午前十時だった。バスでターミナル駅まで移動し、そこからタクシーに乗った。ここら辺だと運転手に告げられて降りた。

目印だと言われていた無人の交番を見つけ、その横の狭い路地に入る。しばらく行くと、道の右側に同じ外観の五階建てのアパートが四つ並んでいた。一番奥のアパートの入り口横の壁面には、K町第四公団棟と書かれたプレートが掛けられていた。

僕は二〇六号室のチャイムを押した。

少ししてドアが細く開いた。そこに姉ちゃんがいた。

姉ちゃんの顔色は悪く目の下には隈《くま》が浮いている。

2LDKの室内は悲惨な状態だった。部屋には物があふれ床は見えない。ダイニングテーブルにも椅子にも物が載っている。混乱の極みだった。

僕は右の部屋のベビーベッドに気が付き、足元に注意しながら向かう。

姉ちゃんの息子、純《じゅん》がすやすやと眠っていた。

ほっとして振り返ると姉ちゃんがぽつんと立っていた。

姉ちゃんはうな垂れていたが突如《とつじょ》顔を上げると「なにか飲むよね」と言った。そして器用に色んな物を避けながらキッチンへ向かう。

僕はベビーベッドから離れ、ダイニングテーブルの側まで移動した。

姉ちゃんがキッチンの中をうろうろする。「飲み物飲み物」と呟きながら冷蔵庫を開けて、すぐに閉じた。それからあちこちの戸棚を開け始める。そうやってインスタントコーヒーの瓶を取り出し、カウンターに置いた。水道の栓を捻るとマグカップの中に食器用洗剤を垂らし、中にスポンジを入れて洗い出す。洗い終わると、マグカップをシンクの中で上下に激しく振った。そしてそれをカウンターに置いた。インスタントコーヒーの蓋を開けスプーンで掬《すく》おうとしたが、粉が固まっていたようで、スプーンを握り直し中を突き刺し始める。そうやって崩した粉を掬ってマグカップに入れた。それをセットしてポットの上部を押したが、パスッと間抜けな音がするだけで湯は出ない。ポットを持ち上げてシンクの中に置き、中に水を入れた。それからポットを戻してマグネットプラグを挿《さ》した。そして一つ息を吐いた。

僕は小声で尋ねる。「僕はなにをすればいい?」

「えっと、湯が沸くのを待って。それから、そうだ、座って。どこでもいいから。置いてあるものはどけちゃって」

椅子の上の服とおもちゃを隣に移して腰掛けた。「なにをすればいいかと聞いたのは、どうやったら姉ちゃんを助けられるのかってことだよ」

「あぁ、そっか、そっちか」額に手をあてた。

「そんなでかい声で、純君起きないか？」

「純？　大丈夫。人の声だとどれだけ大きくても全然寝てる。機械の音だと結構小さくても起きちゃったりするけど、人の声は平気みたい」

「そうか」僕は普通の声の大きさで言った。「森枝さんはこの状態でよくなにも言わないな」

「言ってた。言ってたよ。でも私ちゃんとできなくてね。それで愛想を尽かされた。離婚したんだ」

「そうなの？　いつ？」

「一年前」

「なんですぐに知らせないんだよ」

「……連絡しにくくて」

「なんで？」僕は尋ねた。

「守は応援してくれてたから。心配しながらも応援してくれたのに、やっぱり別れることになって合わせる顔がないというか……」

「姉ちゃんと純君がこんな状態でよく出て行けるよな、森枝さんも」

「もう限界だって」

「えっ？」

「もう限界だって言ってた」姉ちゃんが肩を竦《すく》める。「それで出て行った」

「生活費はどうしてるの？　森枝さんから？」

「毎月お金を振り込んでくれてたんだけど、先月それがなくて電話したら、この番号は現在使われてませんってなって。それで職場に電話したんだよ。そうしたら辞めたって言われて。連絡先はわからないって。困ってしまって――それで守に電話しちゃったんだ。ごめん。お金を貸して欲しい。弟に借金を頼む情けない姉ちゃんでごめん」

「僕に頭下げたりすんなよ。貸すよ。まずはさ、この部屋を片付けないか？　そうしようよ」

僕はコンビニに行って段ボール箱を貰ってくると、そこに『残す物』『捨てる物』と書いた。部屋にある物を分別して段ボール箱に入れていき、大事だと思われる書類などは手元に溜めていった。ベビーベッドがあるほうの部屋を片付け終えると、隣の部屋に移った。

そこは八畳程度の広さで、シングルベッドが一つ壁際に置いてあった。そこで寝てはいないようで、たくさんの物が積み重なっている。

僕は屈んで部屋の隅にある物に手を伸ばした。そして捨てるほうの段ボール箱に入れる。床にある物に手を伸ばした時、その少し左に将棋盤を見つける。周りにある物をどかして将棋盤を引っ張り出した。

マグネット式の将棋盤で二つ折りになっている。開くとその内側にプラスチックのケー
スが二つあり、そこに駒が入っていた。

いつ買ったのだろう。三年前荷造りを手伝った時この将棋盤はなかったから、こっちに越してきてから買ったのだろうか。急に胸に痛みを感じた。涙が出そうになる。哀しくて遣《や》る瀬《せ》無くてどうしようもない。腰の力が抜けて思わずその場に座り込んだ。姉ちゃんと純を見捨てるなんて、森枝はサイテーのやつだ。だが僕にも罪がある。姉ちゃんに子育てや家事ができないことはわかっていたのに、僕はそれに目を背けて頑張れよと送り出した。酷《ひど》いよな、僕。姉ちゃんが勝負師の顔で将棋を指していた頃が、凄く遠い日のことのように思える。姉ちゃんになにを求めてたんだろうな。どうしてこんなに哀しいのかわからない。

僕はぐっと目に力を入れて涙が零れないようにした。将棋盤を持って立ち上がった。ベッドの上の物を動かして平らなスペースを作る。そこに将棋盤を置いた。

「姉ちゃん、将棋しよう」僕は声を掛けた。

「えっ？」顔を上げた。

ケースを開けて中の駒を盤に置いていく。「姉ちゃんは王将一枚な」

ふわっと立ち上がりベッドの側までやってきて、盤を見下ろした。「……将棋するの？」

「ほら、適当に座る場所見つけてよ」

「片付けは？」姉ちゃんが言った。

「後でいいじゃないか」

その時隣の部屋から泣き声が聞こえてきた。

姉ちゃんがすぐに部屋を出て行った。

駒を並べ終えた僕は改めて部屋を眺める。

シェードの中に収まる円形の電球の一部が黒くなっている。スイッチの紐《ひも》には別の紐が結ばれて、それは床から二十センチ程度の高さまで垂れ下がっていた。壁際に置かれた棚には、十二時十五分で止まったままの時計がある。その隣にはクリームが入ったニベアの青い缶があった。

それは隣の部屋にもあり、姉ちゃんは残す物の段ボール箱に入れていた。それは子どもの頃家のあちこちでも見かけた。脱衣所やキッチン、リビングにその青い缶はあった。皆通り掛かりにその蓋を捻って中の白いクリームを指で掬い、手や顔に塗ったものだった。

姉ちゃんが純を抱いて戻って来た。そして僕の横に立つと、いきなり純を押し付けてきた。

僕は純を受け取り腕に抱く。

姉ちゃんは棚から青い缶を取り出すと蓋を開けた。指でクリームを掬い自分の手の甲《こう》にのせた。缶を戻すと甲のクリームに指を付け、それを純の両頬にちょんちょんとのせて移した。そして自分の甲同士を擦り合わせてクリームをのばし塗る。

僕は純の頬のクリームに指をあて、そっと撫でるように動かして塗りのばす。

純が笑った。

「純君病気じゃないのか？」僕は尋ねる。

「なんで？」

「結構温かい」

「あぁ、最初私も思った。子どもって温かいんだよ。だからそんなもん」

「そうなんだ。あっ、僕を見て笑った」僕は告げた。

「気が合いそうで良かったよ。純は児童相談所の人が嫌いでね。児童相談所の人が抱くと頭を激しく左右に振って全身で嫌がってね、耳を覆いたくなるほどの大音量で泣くんだ。嫌なことを言う人だってわかるのかね？　毎回なんだよ。不思議だよね」

「児童相談所の人が来てるの？」

「うん。泣き声がうるさいって誰かが通報したらしくてさ、たまに純君の様子を見に来ましたーとか言って来る」

「その時に嫌なことを言うの？」

頷いた。「お母さんが生活を整えるまでの間、一時的にお子さんを施設に預けていただいてもいいんですよって言うんだ。私の生活は整ってはいないけどさ、純がらみだったらなんとかやってるんだよ。食べさせたり、オムツ替えたり、お風呂に入れたり、洗濯だって。でも児童相談所の人はできてないって思ってる。保健婦さんも純は健康だって言ってくれたんだよ。嫌なんだよ、施設に預けるのは。ちゃんと世話ができてないように見えるかもしれないけど、私にとって純は宝なんだ。元の夫からお金が振り込まれなくなったことや、居場所がわからなくなったことを児童相談所の人に話したら、私は失格になって、純を持って行かれてしまいそうでさ。それで守に連絡したんだ」

「父ちゃんに連絡は？」

姉ちゃんが首を左右に振る。「してない」

「ずっと？」

「ずっと」

「母ちゃんには？」

「母ちゃんからは時々ベビー服が送られてくる。私からは連絡してない」

「そうか」僕は金を動かした。

「どうしてだよ」

「なにが?」

「こっちは王将一枚なんだからどんどん攻めてきなよ。どうして自分の王将を守る陣形を作ろうとしてるんだよ」

「姉ちゃんは一枚だってすいすいこっちの陣地に入って来て、ガンガン攻めてくるからだよ。しっかり守りを固めておきたいんだ」

「わかったよ。好きにすればいい」

守りを固めている途中で、姉ちゃんの王将が僕の陣地深くまでやってきた。そこで僕は攻めに転じて王将を追いかける。姉ちゃんの王将はそれをするりとかわした。しかし姉ちゃんは王将一枚で、僕は二十枚のすべての駒を持っている。子どもの頃とは違う。姉ちゃんが上手に逃げても他の駒で追える。最大級のハンディを貰った僕は、姉ちゃんと互角に戦う。

ふと僕は顔を上げた。

姉ちゃんが楽しそうに将棋盤を見つめていた。

ふいに子どもの頃の一日が思い浮かぶ。あれは夏休みだった。家族で海に出かけた。浜辺も海も大混雑だった。僕の浮き輪を摑んでいるのが母ちゃんの時は、安心してぷかぷか浮いていられたが、父ちゃんに交代した時には手を離すのではないかと不安になった。浜から遠ざかろうとする父ちゃんに、もっと浜の近くがいいと訴《うった》えた。男じゃねぇなぁと父ちゃんは言った。姉ちゃんは海が汚いと言い、また砂浜を歩くのも気持ち悪いとビニールシートの上から動かなかった。レンタルしたパラソルの下で姉ちゃんは海を睨んでいた。昼時になって砂浜を歩きたくないと言う姉ちゃんを父ちゃんが背負って、皆で海の家に行った。注文を済ませて料理を待っている時、店の隅にトランプやオセロゲームが置いてあるのを見つけた。将棋盤もあった。姉ちゃん一人に対して、父ちゃんと僕の二人がチームになった。父ちゃんの膝の上に僕は座り、僕らの番になると二人で小声で話し合い次の手を考えた。ハンディを付けていたのか、付けていたとしたら何枚分の差だったのかは覚えていない。ただその時も姉ちゃんが強かったことは記憶している。そしてその日初めて姉ちゃんが楽しそうに見えたことも。確か母ちゃんは「ここまで来て将棋する?」と呆れ顔だった。結局どっちが勝ったのかははっきりしない。覚えているのはむっとする暑さと、強い日差しと、板間に敷かれた茣蓙《ござ》の感触、父ちゃんの体温、姉ちゃんの瞳の輝き――。

「ママ」純が僕を見て言った。

「ママはあっち」僕は姉ちゃんを指差す。「僕は守叔父さん」

「ママ」純が繰り返した。

「守叔父さんだって」

純が僕の膝の上で立ち上がり胸に摑まってくる。そして膝を曲げてから、小さくジャンプするようにして身体を伸ばす。これを何度も繰り返した。

僕は両腕で純の身体を支え、身体が伸びる時少し持ち上げるようにした。するとと純がキャキャッと笑い声を上げる。

僕は再び姉ちゃんに目を向けた。

姉ちゃんは昔のように瞳を輝かせて駒を見つめていた。

翌日僕は会社に電話を掛けて体調不良だと嘘を吐き、休みを取った。姉ちゃんのアパートの近くにあったコンビニで地図を買い、レンタカーで一人隣の県に向かった。四十分ほど走り到着したのは、三年前に姉ちゃんが父ちゃんと暮らしていた街だった。入りたかった駐車場には満車の札が出ていたので、次に見つけた駐車場に車を入れた。目当ての駐車場と連結している商業ビルに入った。フロアの隅にある通路を進み、自動ドアを二つ抜けた先が駐車場だった。

歩き出すとすぐ人の話し声が聞こえてきた。

しかし人の姿はなく、螺旋《らせん》状に作られた駐車場にはずらっと車が並んでいるだけだった。

歩行者用に引かれた白線の間を下りる。「小池さん、あなたいったいいくつなの」と下から声がして僕は足を止めた。それからそろりそろりと下っていき声の主を探す。二人の男の姿が見えた瞬間一歩戻った。そして足を半歩分前に出し首だけをさらに前に伸ばした。

僕と同世代ぐらいの男が言う。「何度も同じこと言わせんでよ。出勤時間も休憩時間も、会社が決めたルールは守らんと。少ない人数でシフトを組んで二十四時間営業しとるんやけん、小池さんが好《す》いたごとすると、ほかのスタッフが迷惑するけん。それからさ、給料が安いだの仕事がキツいだのお客さんに愚痴るのやめときんしゃい。お客さんにそんなこと言ってどげんするとね。なんがしたいとね。愚痴られたうえにいかにも嫌々といった感じで対応されるって、クレームが入っとるんよね。そういう非常識な行為はやめてくれんね？　その年でほかに働き口なんかなかろうと思うけん、温情でクビにせんで我慢してきたけどもう限界やけん。あと一回やけんね。今度遅刻や長い休憩を取ったりしたらクビ。よかね？　クレームが入ってもそれでアウトやけん。わかった？」

父ちゃんが頷いた。「はい」

「はいじゃなかろうもん。申し訳ありませんでした。今後注意いたしますと言うとよ、こういう時は。そげなことも教えんとできんとね。年くっとる癖に常識なさ過ぎやないと」

「………」

後方から走行音がした。

振り返ると二台の車がゆっくりと下ってくるのが見えた。僕はその場で二台の車が通り過ぎるのを見送る。ふと顔を戻すと上がって来た父ちゃんと目が合った。

父ちゃんは驚いた顔で足を止めた。ばつの悪そうな表情を一瞬浮かべたが、すぐに陽気な声で「久しぶり」と言った。

僕らは駐車場を出て、二つ隣の店の前に設置されていた自動販売機で缶コーヒーを買い、ガードレールに並んで尻を乗せた。父ちゃんの駐車場での勤めは今日は上がりだそうで、アパートに帰って寝るだけだと言う。三年ぶりに見る父ちゃんは髪が薄くなっていた。父ちゃんはピースを吸い続け、僕は缶コーヒーを飲み続けた。

長い沈黙を破ったのは父ちゃんだった。「元気にしてるのか?」

「僕はまぁそうだね。元気だよ」

「嫁さんは——菜々子さんだっけ?　菜々子さんもか?」

「あぁ、元気」

「仕事は頑張ってるか？」

「あぁ、そうだね」

父ちゃんが何度も頷いた。「それはなによりだ。父ちゃんが願っていた通り、守がまっとうでいてくれて嬉しいよ。働くってのは大変なことだからな。守は父ちゃんの自慢の息子だ」

たちまち切なさに襲われる。駐車場で怒られている父ちゃんを見ていた時は、恥ずかしかった。だが今、そう思ったのを後悔しているのはどうしてだろう。男が言っていたように父ちゃんは非常識な人だ。父ちゃんのような部下がいたら上司は苦労させられる。だがと思うのだ。ああいう言い方はないんじゃないのかと。男の言い分は百パーセント正しい。そうわかっているのだが。結婚前菜々子に父ちゃんと会いたいと言われた時、僕は拒否した。どうしてと聞かれて、どうしてもと答えた。嫌だったのだ、父親だと紹介するのが。祐一さんに会って貰った時は胸を張って紹介できた。ちゃんとしてるから。だがもし祐一さんが年下の男に怒られているのを見たとしても、こんなに傷ついたり、相手に不満をもったりしないだろう。そのことに気付いて……僕は戸惑っている。

僕は缶コーヒーを傾け飲み干した。

僕は告げる。「姉ちゃんのことなんだが森枝さんと離婚したんだ」

父ちゃんはタバコの煙をゆっくり吐き出すだけで、なにも言わない。

「だから言ったろとか、言わないんだ？」と僕は確認する。

「言わないよ。後からだったらなんとでも言えるが、その時は一番いいと思ったのを選んだんだろうからな」

「そう。今姉ちゃんはK町で純君と二人で暮らしてる。それでさ、森枝さんが消えたって。会社を辞めていて、連絡取れない状態」

「そうか」

「父ちゃんは？　今はどんな暮らし？」

「しけたアパートで寝起きして、駐車場の出入り口でチケットを渡したり金を受け取ったりするだけだ」父ちゃんがタバコを銜えすぐに煙を吹き出した。

「ギャンブルは？」

「しばらくやってない」

驚いて尋ねた。「どうして？」

「どうしてかね」父ちゃんが首を捻った。「わからんな。よーわからんが毎日が真っ平らになったんだよ。山も谷もなくてどこまでも真っ平らにさ。そうしたらギャンブルが入り込む場所がなくなったのかなぁ」

「それじゃ住民反対運動は？」

「とんとやってねぇな」

「そうなんだ」

「俺のことよりそっちは大丈夫なのか？　菜々子さんとは仲良くやってるのか？」

「まぁそうだね」僕は答えた。

「どんな人だ？　母ちゃんみたいに気が強い女か？」

「しっかりはしてるね。気が強いとまでは言えないが。記念日が好きだね。晩飯の料理が一品多かったりするとびくっとする。どうもなにかの記念日っぽいぞと思ってさ。それで今日は何の日だってクイズが出される。これが結構難しくてさ。ま、外れても喧嘩になったりするわけじゃないんだが」

父ちゃんが真面目な顔で「そりゃ大変だ」と言った。

それから僕はレンタカーで姉ちゃんが住むK町に戻った。時間貸しの駐車場に車をバックで入れた時、姉ちゃんに気付いた。

商店街の中にある小さなたい焼き屋の前のベンチに、姉ちゃんは座っていた。ベビーカーを横向きにして、サイド部分を左手で摑んでいる。

そうしながら姉ちゃんは居眠りをしていた。姉ちゃんの頭ががくっと前に倒れた。すぐに目を開けてベビーカーを覗き込み純を確認する。そして頭を激しく左右に振った。だがまた睡魔に襲われてしまうようで、頭がゆっくり前に倒れていく。

僕は運転席から姉ちゃんと純を眺める。

五分ほどもそうやってから車を降りた。

僕は姉ちゃんに声を掛け車に乗るよう促した。ベビーカーを折り畳んでトランクに入れ、姉ちゃんは眠っている純を抱いて助手席に座った。姉ちゃんもすぐに眠り出した。

二十分ほども経った頃姉ちゃんが起きた。腕の中の純が眠っているのを確認してから、窓外の景色に目を向けた。

「どこに向かっているの？」と姉ちゃんが言った。

「父ちゃんのところ」

「えっ？　なんで？」

「心配なんだよ。姉ちゃんのこれから先の生活が。姉ちゃんは姉ちゃんなりに精一杯頑張ってるんだろ？　それでも難しいんだよな。だったらさ、父ちゃんに手伝って貰って、姉ちゃんと純と三人で暮らしたらどうかと思うんだよ」

「なに言ってんの？」

「ダメ?」僕は聞いた。

「ダメというかおかしいでしょ、そういう話は」

「おかしいかな?」

「おかしいよ。なんでよ? 守はずっと私と父ちゃんが一緒に暮らすのに、否定的だったじゃない。それなのにどうして勧める?」

「確かに否定的だった」僕は認めた。「姉ちゃんは父ちゃんと一緒にいないほうがいいと思ってた。姉ちゃんが賭け将棋をして、その上がりで二人が暮らすのも良くないと思ってた。言っとくが賭け将棋は犯罪なんだよ。法律に違反してるんだ。駐車違反やスピード違反程度に思ってるのかもしれないが、そういうのより明らかに悪質だからね。だが……なんか子どもの頃のことを思い出したりしてさ。ちゃんとした思い出じゃないんだよ、どれも。普通の家族がもっている思い出とは全然違うものでさ、そういうのがずっと嫌だったんだが——それはそれで楽しかったなと思ったりしてさ。標準型に憧れてうちの家族を否定してきたが、そんなことする必要はなかったのかもしれないと考えるようになったんだよ」

「なによそれ」

「こんなことを姉ちゃんに言ってる自分に驚いてるよ」

「父ちゃんがいいと言う訳ないし」

「そうかな？」

「父ちゃんに言ったの？」姉ちゃんが聞いてきた。

「いや、まだ。まだだが、父ちゃんはそうしてもいいと言うと思う」

「言わないよ。父ちゃんの反対を押し切って結婚したんだよ、私は。ほら見たことかって言うだけだよ」

「そうじゃなかったら？　姉ちゃんはどうなんだよ？　純君を一人で育てられるのかよ？　今でも充分大変だろうがこれからもっと大変になるぞ」

「…………」姉ちゃんが腕の中の純を見つめた。

「父ちゃんに手伝って貰ったらどうだ？　残念ながら全幅《ぜんぷく》の信頼はおけないよ。ああいう人だからさ。だが姉ちゃん一人よりは大分いいんじゃないか？　僕だって正直相当に迷ったよ、この提案をするにはさ。父ちゃんと姉ちゃんの二人に育てられた純君が果たして幸せになれるのかと考えたら、答えが出ないからね。ただ幸せというのは、ちょっといびつであってもいいのかもしれないからさ。父ちゃんと姉ちゃんを反面教師として育ってくれるよう祈るよ」

「…………」

「父ちゃんさ、駐車場で働いてたよ。僕ぐらいの年の上司に叱られて嫌み言われてた。姉ちゃんと純君と暮らすようになったら、父ちゃんは仕事を辞めてしまうんじゃないかと思う。また姉ちゃんに賭け将棋をさせてそれで生活していこうとするだろ、多分。昔と同じようにね。だが今度は純君がいる。賭けに乗ってくれる人がいなくなったら別の街へなんて暮らしは、子どもにさせちゃダメだ。賭け将棋のために、小学校を何度も転校させるようなことはしちゃダメだから。将棋をするのはいいさ。姉ちゃんはやっぱり将棋してる時は輝いてるし。将棋教室を開けばいい。姉ちゃんが人に教えられないと言うなら、姉ちゃんの対局を見学させて学ばせるというスタイルにすればいい。姉ちゃんの対局を父ちゃんに解説させてもいいし。普通の将棋教室とは大分違うがそれでいいじゃないか」

前を走っていた大型トラックが左折し急に視界が開けた。真っ直ぐな道がずっと続いている。赤い軽自動車の後ろについた。

車内には四月の明るい日差しが差し込んできて眩しく、サンバイザーを下ろした。

ふと助手席に顔を向けると姉ちゃんが静かに泣いていた。

僕はスピードを落とし、トンネルの手前の路肩に車を停める。

「姉ちゃん?」

「…………」

「なんで泣いてんの？」

「わからない。わからないけど涙が出てきて止まらない」

「父ちゃんに会うのが嫌？」

「嫌じゃない……違う。やっぱり嫌かも。会いたいような気が少しあるような気もするんだけど、気が重いような感じもして——混乱してる。これからのことが凄く心配で胸が痛いのに、守に電話して良かったんだってほっとしてたりもする。自分のことなのになんだかよくわからなくてごめん。泣いててごめん」

「なんだよ、それ。Uターンするか？　それともこのまま行くか？」僕は尋ねる。

姉ちゃんがじっと純を見つめ、そうして数分が経った。

姉ちゃんは右手を純から離し顔の涙を拭った。

そして言った。「行こう。父ちゃんの所へ」

「わかった」ハザードランプを消しウインカーを点けた。

父ちゃんが住むアパート近くの時間貸し駐車場に車を入れたのは、正午だった。

古い二階建てのアパートだったが、そこに取り付けられた鉄製の階段は、最近水色に塗られたようでテカテカと光っていた。

僕らはその階段を上り一番奥のドアの前で足を止めた。

姉ちゃんは少し心配そうな表情を浮かべている。

その腕の中の純は小さな口を思いっきり開けて、あくびをした。

僕は拳でノックを二度してからドアノブを摑んだ。

ドアを開けて僕は中に声を掛けた。「父ちゃん？」

「守か？　入って来いよ」と返事が聞こえてきた。

狭い三和土には黒いスニーカーと雪駄《せった》が並んでいる。

僕は部屋に上がり襖を開けた。

「どうした守」と言い出したところで、父ちゃんが姉ちゃんと純に気が付いて目を瞠《みは》った。

中央に置かれた小さな座卓の上には、弁当と缶ビールがあった。棚の上のテレビから男の声が流れてくる。誰もなにも言い出さなくて、部屋には気まずい空気が満ちる。

僕は振り返り姉ちゃんの腕の中の純を覗いた。

純は僕をじっと見つめ返してくる。

僕は腕を伸ばして姉ちゃんから純を受け取った。それから膝を折って屈み、純を父ちゃんの前に差し出した。

父ちゃんは純を抱き留めた。そしてじっと純を見下ろす。

僕は「落とすなよ」と注意した。

「落とさねぇよ」と父ちゃんがすぐさま反論した。「久方ぶりとはいえ、子どもを抱くのは慣れてんだからよ。なんだよ、その顔。守だってりか子だって、誰がオシメを取り替えて風呂に入れたと思ってんだよ。母ちゃんは仕事が忙しかったろ？　暇な父ちゃんがやるしかなかったんだよ」

僕は振り返り姉ちゃんに向けて言う。「慣れてるってさ。良かったじゃないか」顔を戻した。「姉ちゃんと父ちゃんの二人で、純君をちゃんと育ててくれよ。いいだろ、父ちゃん？」

「……俺とりか子で育てるって……それは……そうなったら守は心配じゃないのかよ？」

「心配だね。かなり心配。だが助け合ったらなんとかなるんじゃないか……というかなんとかしてくれよな。いいね父ちゃん、頼んだよ」

「ママ」と純が言った。

「こいつ大丈夫か？」父ちゃんが大声を上げた。「俺を見てママと言ってるぞ。目が悪いのか？　頭か、悪いのは？」

「そういうこと言うなよ」僕は注意してから続けた。「僕のところにも今年子どもができる」

父ちゃんと姉ちゃんが「なんだよそれ」と声を揃えた。

姉ちゃんが「守は話すタイミングがいつもおかしいね」と言って小さく笑った。


ふうっと息を吐いた。

二十分もかかってやっとすべてのパイプ椅子を並べ終わった。

千二百平米ある貸しホールには、六百個のパイプ椅子が並んでいる。本社から徒歩で五分のところにあるビルの二階だった。

「お疲れ」と声がした。

振り返ると麻生《あそう》部長が立っていた。

「お疲れ様です」僕は挨拶を返した。

「斉藤《さいとう》課長は？」

「トイレです」

「あぁ、そうだったな。斉藤課長は緊張すると腹が痛くなるんだったな。久本君はどう？こういうの慣れた？」

「いえ。僕の担当ではなくて手伝いだけでも、これだけの規模だとやっぱり緊張します」

「そうか」部長は頷いた。

父ちゃんたちのところから戻ってきて二日が経っていた。

今日は午後二時からここで顔合わせが行われる。高層マンションをうちの会社が建てることになり、その工事を担当する人たちを一堂に集めて、コンセプトの説明や、スケジュールなどについて斉藤課長が話をする。自社のスタッフだけでなく、下請け、孫請けの業者も勢揃いする。セレモニーの最後には神主に安全祈願をして貰い、その後の懇親会では酒が振舞《ふるま》われる。ここ最近ではこれだけの規模の仕事は滅多になく、斉藤課長が率いる第一課全員が興奮していた。それは手伝いに駆り出されている二課の僕らにも、びんびん伝わって来る。

「お疲れ様です」と開いた扉のほうから声が聞こえてきた。

ニッカポッカ姿の男が二人、テーブルの前で受付担当の女性社員と話をしていた。

麻生部長と僕は部屋の端に移動した。

「あくが強くてバラバラだろ」麻生部長が言った。

「はい？」

「ここに集まる人たちのことだよ」顎で会場を指す。「それぞれのプロたちだから、プライドは高いしちょっとやんちゃだしな。そういうプロ集団をまとめて、巨大な組織をマネジメントしていくのが私らの仕事の醍醐味《だいごみ》だ。大変だがね」

「大変ですよね」

「トラブルは必ず起こるしな」

「必ずですか？」僕は尋ねた。

「そう必ず。人間は完璧じゃないから」

入社してすぐの研修を思い出した。先輩と一緒に工事現場に行くと、重機が動いていなかった。ニッカポッカ姿の人たちは、あちらこちらに座ってぼんやりしていた。休憩中なのかと僕は思ったが、先輩は「マズいな」と呟いて慌てたような表情を浮かべた。裏に回ると、三人の男が図面を広げて話し合っていた。先輩が挨拶をすると、現場監督は「いいところに来た」と言った。聞けば下請け業者の責任者が、地盤が弱いので補強するべきだと主張しているのだという。だがそれは予定外の工事になる。コストがかかるし作業の日にちも余計に三日かかる。ここで予定に変更があれば、この後工事に関わることになっている二十以上の業者に影響が出る。先輩は大筋の状況を聞くと、現場監督に「監督はどう思いますか？」と尋ねた。すると現場監督は「山辺《やまべ》さんがそう言うんじゃ補強したほうがいいだろうね」と言った。そして「いつもゴネる人じゃない。こっちの我が儘に付き合ってくれる人だ。だがその山辺さんがこれじゃ無理だと言うなら、本当に無理なんだよ。設計図引いた大先生は、この現場を見ずに頭で考えて立てた計画なんだろう。現場のプロの目を信じたほうがいい」と続けた。先輩は数秒考えてから「本社に電話をさせてくださ い」と言うと、携帯電話であちこちに連絡を取った。先輩は電話の相手に対して懇願《こんがん》したり脅したり、切羽《せっぱ》詰まった声を上げたりした。そして三十分後に先輩は補強工事の許可を取りつけた。「三日でお願いします」と先輩が現場監督に告げると、彼はにやっとした。そして「根性据わってきたな」と言い、先輩の肩を叩いて労《ねぎら》った。山辺は皺々《しわしわ》の顔で一つ頷き「あんたのためにもいい仕事をさせて貰うよ」と声にした。僕は先輩の横で呆然としていた。数年後にこうした場面に一人で立ち会った時、僕は先輩のように決断し、対応できるのだろうかと不安でいっぱいになった。それから十年近くが経ったが、幸か不幸かそれほどの規模の物件を、一人で担当する機会は巡って来ていなかった。

続々と会場に人がやって来て、立て札によって区分けされたエリアに進み、パイプ椅子に座っていく。

麻生部長が誰かに向かって片手を挙げて挨拶をした。

それから僕に説明した。「あの沢田《さわだ》さんには随分可愛がられたよ。最初は怖かったんだがね。腕はいいんだが口が悪くてな。ここだけの話だぞ。しょっちゅう現場に呼び出されて文句を言われたよ。ほかの業者がした仕事への不満も随分聞かされた。取り敢えず謝るんだよ、しょうがないだろ。そうすると謝りゃいいと思ってんだろと叱られた。ある時沢田さんとこの新人がヘマしてさ。うちの業界じゃ一つのミスは、たくさんの別の会社に影響するだろ。後始末に追われたよ。まぁなんとかしたんだが、そんなことはしょっちゅうだったから、こっちは気にしてなかったんだ。その後沢田さんに会った時この間はすまねぇと謝ってきて、そんなこと言われると思ってなかったからドギマギしたよ。誰かが失敗したら周りがなんとかするっていうのが、この仕事じゃないですかと私は言ったんだ。完璧な人はいないからミスをするし、ほかの人がした仕事が気に入らないこともあります。でも一人じゃ建物はできないし、一つの会社でも建物はできないんですから、助け合っていくしかないんだと思ってますとね。じっと私の目を見つめてくるから、叱られるのかと思ったら髪の毛をくしゃくしゃにされた。犬かよと思ったが、それからは酒の席に連れてってくれたり、こっちの無理を聞いてくれたりするようになったよ。お互い様なんだ、結局。ドジって迷惑を掛けることもあるし、迷惑を掛けられることもある。それで世の中は回ってるんだ」

頷く。「はい。それはよくわかります。最近わかるようになった気がします」

「だとしたら久本君もやっと大人だ」

「そうでしょうか？」

「そうだよ。大人だ。おめでとう」

「有り難うございます」

二課のスタッフの手伝いは懇親会が始まる前に終了と言われ、午後五時には会場を後にした。一旦本社に戻り一時間ほど仕事をしてから退社した。

電車のつり革に摑まると、前のシートに赤ちゃんを胸に抱いた母親らしき人がいた。赤ちゃんは小さな頭を女の胸に預けるようにして眠っている。手首には輪ゴムを嵌《は》めたかのような括《くび》れができている。

自宅マンションに着いたのは午後七時だった。

リビングのドアを開けて「ただいま」と言った。

「お帰りなさい」とキッチンから聞こえてきた声がダブっている。

キッチンには菜々子が、ダイニングテーブルの横には義母の万由子《まゆこ》がいた。

この母娘は顔はまったく似ていないのだが、声と喋り方がそっくりだった。菜々子が実家暮らしだった頃は、電話を掛けてきた相手に勘違いされて、用件を言われることが度々あったと聞いている。

寝室で部屋着に着替えてダイニングテーブルに着くと、義母がビールと漬物を出してくれた。

「支度ができるまであとちょっとなの」と義母は説明し「少々お待ちくださいませね」と明るい調子で言った。

今夜義母が来ると菜々子から聞いていただろうか――思い出せない。確か今日菜々子は健診で病院に行くと言っていたので、それに同行したのかもしれない。

「私もご相伴《しょうばん》にあずかろうかしら」と義母が言って、空《から》のグラスを僕に差し出してきた。

「気が付きませんで」向かいに座った義母のグラスにビールを注いだ。

グラスの半分ほどを一気に空けてから「んー、美味しい」と嬉しそうな声を上げた。

「今日はね、菜々子の健診に勝手に付いて行ったの。心配だったから。健診どうなのって聞いても、順調だってと言うばっかりなんですもの。でもね、ちょっと太り過ぎてるような気がしてたの。勿論妊娠中は体重が増えるのよ。増えなきゃ大変だわ。でもね、太り過ぎちゃ難産になるの。昔からそう言われてるの。それで今日は先生の話を伺おうと思って。そうしたら案の定なのよ。体重が増え過ぎているからダイエットするよう随分前から指導されていたのに、黙ってたの」

「えっ？」驚いてキッチンの菜々子に尋ねた。「そうだったの？」

菜々子が口を尖らせた。「大袈裟《おおげさ》なのよ、母さんは。先生はちょっと体重が多いですねって、ちょっとよ、そう言っただけなんだから」

「菜々子ったら」義母が目を丸くした。「随分と都合がいいように話を端折《はしょ》るわね。体重がちょっと多過ぎるので、ダイエットしてくださいとお願いしましたが、効果が出てないようですね。先生はそう言ったのよ。それなのにこの子ったらね、でも先生お腹が空くんです。お腹が空いたら苛々してしまって、それはきっと臍《へそ》の緒を通して赤ちゃんに伝わってしまいますから、良くないですよねと言うんだから。まさか母親としての自覚がこれほど足りないとは思っていなかったわ。赤ちゃんのことを一番に考えなくてどうするのよ。赤ちゃんの健康を考えたら、お腹が空くぐらい我慢するべきでしょう」

僕がどれくらい体重を落とさなくちゃいけないのかと尋ねると、菜々子は「ちょっと」と言い、義母は「大分」と言った。

義母はいつも明るくて元気な人だ。それに対して義父は物静かな人だ。その義父が定年退職した日に食事会をするというので、菜々子と僕は指定された店に駆けつけた。その席で菜々子が妊娠したと告げた。義母のことだから、こっちがちょっと引くぐらい大喜びするだろうと予想していた。ところが義母はぼんやりとするだけだった。義父のほうがよしっと大声で言って喜び、僕に握手を求めてきた。まだ黙っている義母に向かって、おいどうしたと義父が声を掛けた。すると突然ぽろぽろと涙を零した。それから両手で自分の顔を覆って静かに泣いた。その姿を見ていたらじんとくるものがあった。

義母が言った。「妊婦さんが通うスイミングスクールなんてどうかしら。水の中だと歩くだけでもいい運動になるって聞いたわ」

「…………」菜々子は無言で料理を続ける。

「無言ってことはやる気ゼロなのね」義母が僕に顔を向けた。「守さんも協力して頂戴《ちょうだい》ね。間食しようとしたら注意してやって。三食をきちんとバランス良く摂《と》ったほうがいいんだから」キッチンにいる菜々子に顔を戻す。「掃除や洗濯を億劫《おっくう》がらずにちゃんとやるのもいいのよ。ゆっくり散歩するのもいいわ。いい運動になるから」

うんざり顔で菜々子が「料理できたわ」と言った。

テーブルに料理が並べられ三人での食事が始まった。義母は生まれてくる孫の心配をし続け、菜々子はそれをうるさそうにした。

僕は味噌汁の椀に手を伸ばす。箸で豆腐とワカメを押さえて汁だけを味わう。それから壊さないようそっと豆腐を摘んで口に運んだ。

「なんでにやにやしてるの？」菜々子が言った。

「えっ？」僕は驚いて聞き返した。「にやにやしてた？」

「してた」菜々子が睨んできた。

急いで声にする。「味噌汁が旨いなぁと思って。それで幸せそうな顔をしてたんじゃないかな」

菜々子は尚《なお》も鋭い視線を向けてきた。「いつもと同じよ」

「いつも旨いし、今日のも旨い」

「お味噌汁を味わってる場合じゃなくて、私の味方をするべき時じゃない？」

「そういうのは嫁と姑が揉めてる時だろ。二人は実の母娘じゃないか。僕がどっちの味方につくとかそういうケースじゃないだろ」

「せめて顔を顰めててよ」

義母が注意をする。「守さんに八つ当たりしてどうするの」

「だって」菜々子が不貞腐《ふてくさ》れた。

僕は話し掛ける。「ダイエットしたいんだよな、菜々子も。だがなかなかできなくて、どうしたらいいのかと困っている時にお義母さんにバレて、自分へ向けてる怒りを周りに向けるしかなくなってるんじゃないか？　腹が空くんだからダイエットは難しいさ。僕も協力するよ。明日一つ手前の駅に迎えに来てくれないか？　一緒に買い物をしてここまで歩いて帰ってこよう。お義母さんはカロリーを抑えた料理のレシピを、菜々子に教えていただけませんか？」

「ええ、喜んで」義母が答えた。

「ちょっとやってみようよ」僕は提案した。「僕も協力するし、お義母さんにも協力してもらってさ。皆がそれぞれできることをしてフォローしあえばいい」

菜々子が肩を竦めてから「そうね」と言った。

平成23年（2011）

「五百万円の借金ができちゃって」と姉ちゃんが言った。

「五百万？」僕は大きな声を上げた。「どういうことだよ」

「父ちゃんがスナックで理央《りお》さんと知り合ったのね。それで父ちゃんは理央さんと付き合ってたと言ってるんだけど――父ちゃん七十四歳で、理央さん三十五歳だったから、付き合ってたというより、いいカモにされていたようなのね。その理央さんに頼まれて、父ちゃんは借金の保証人になってたの。私は全然知らなかったんだよ。で、当の理央さんは雲隠れしちゃって、父ちゃんが五百万円の借金を肩代わりしなくちゃいけなくなったんだ」

「なんだよそれ」

姉ちゃんから緊急事態なのでこっちに来て欲しいと電話が入ったのは二日前で、その日は僕の四十六回目の誕生日だった。僕の好物ばかりが並ぶ夕食を、菜々子と息子の聡《さとし》と摂っている時のことだった。そこで僕は今朝一番の飛行機で、姉ちゃんたちが暮らす街にやって来た。ターミナル駅の駅ビルにあるパン屋の奥の飲食コーナーで、姉ちゃんと落ち合った。

午前十時の店内は空いていて、僕らの他には一人の客がスマホを弄《いじ》っているだけだった。なんとも言えない旨そうなパンの匂いが満ちている。

姉ちゃんがストローでグラスの中の氷を突《つつ》く。「自己破産するよう父ちゃんに言ってるんだけど、父ちゃんがうんと言わないんだよ」

「なんで？」

「金を借りといてそれを踏み倒すというのは、人の道に外れる行為だと言ってる」

「どの口が言ってんだよ」

「五百万なんてお金ないんだからしょうがないじゃないと私は言ってるんだけど、別の所からお金を借りて、競馬か競艇で一発当てようとしてるみたいなんだよ」

「それは人の道に外れてないんだ？」

姉ちゃんが頷いた。「父ちゃんからするとそうみたい。これ以上借金を増やさないよう、守からも自己破産するよう説得して欲しいんだよ」

僕はため息を吐いてからストローを銜えた。思いっきりアイスコーヒーを啜る。ガムシロップを入れすぎてしまったそれは、とてつもなく甘かった。

「どんな人だったの？」僕は尋ねた。

「ん？　理央さん？　バツイチだって言ってたな。でもそれが本当のことだったかはわからない。とにかくそう言ってた。あとね、歌が上手かった。父ちゃんとよくデュエットしてた。あとは……バッグに色んな物を入れてる人だった。目薬とか、キャラメルとか、ヘアクリップとか、マニキュアとか」

「そもそもその人が五百万を借りた理由はなんだったの？」

「父ちゃんは、理央さんの弟の治療費が必要で借金したって聞いてたらしいんだけど、入院しているはずの病院にそういう人はいなかったんだって。スナックのママは、買い物が好きで分不相応な買い物をよくしていたから、そういうので借金が膨らんだんじゃないかと言ってたね」

「なにやってんだよ、父ちゃんは」

僕らは店を出て、父ちゃんと姉ちゃんがやっている将棋教室へ向かった。駅から徒歩五分のところにある将棋教室は、生涯学習センターの裏にある。その将棋教室は開設して十四年になる。これまでに僕は何度かそこを訪れていた。特別繁盛《はんじよう》しているようには見えなかったが、姉ちゃんの話では三人が生活していくだけの稼ぎはあるとのことだった。

将棋教室のドアを開けると十人以上の人がいて、皆ホワイトボードの前に立つ父ちゃんに注目していた。ホワイトボードには大きな将棋盤を模《も》したシートが貼り付けられていて、枡目《ますめ》にはマグネット付きの駒があった。

父ちゃんが三十代ぐらいの男を指差した。「清水《しみず》さんならどうする？」

清水がしばらく考えてから「8二に金」と答えた。

すると父ちゃんは何度も頷く。「まっとうだ。実にまっとうな切り返しだ。だが他に手はないだろうか」

一番前に座っていた女が手を上げた。「6一に竜」

「おっと」父ちゃんが喜んだ。「凄いのが来たよ。竜を相手に取らせてから8二に金を指すってさ。松本《まつもと》さんの勇気に拍手」

父ちゃんに促された生徒たちが、笑顔でパチパチと拍手をした。

僕は姉ちゃんに断って、一旦外に出た。

二つ隣の旅館に、二人連れがスーツケースをガラガラと引き摺《ず》って入って行く。生涯学習センターの裏口には、肩を寄せ合うようにしてタバコを吸う三人の男たちの姿があった。

僕はスマホを取り出し菜々子に電話をした。「もしもし、僕」

「うん。緊急事態はなんだったの？」

「それなんだが……父ちゃんが知り合いの保証人になって、五百万の借金ができたそうだ」

「なんて？　五百万？」

「そう、五百万」

「それは……大金だわ」

「あぁ。それで一応確認なんだが、うちから融通《ゆうずう》できるだろうか？」僕は尋ねる。

「五百万なんて無理よ」

「だよな」

「お義父さん返せるの？」

「………」

「あれ、なんて言ったっけ……自己破産？　それするのは？」菜々子が言った。

「それしかないか」

「それしかないよ。ほかに方法なんてある？」

「いや、ないね」

僕はまた連絡すると言って電話を切り、スマホをジーンズのポケットに戻した。

旅館にまた一人の男が大きな鞄を抱えて入って行く。

七ヵ月前のことが蘇る。東京の職場で大きな地震を経験した。全社員が帰宅するよう指示されたが電車は動いておらず、道は大渋滞でタクシーは摑まえられず、徒歩で自宅に向かった。災害用伝言ダイヤルで菜々子とこちらの無事は互いに確認できていたものの、とにかく家に戻らねばとの思いだった。歩き疲れた時、小さな旅館の前に人だかりができているのに気が付いた。通行人にお握りと茶を振る舞っていた。そこでは大画面のテレビを道行く人たちが見られるよう、外に出してくれてもいた。そこに映し出される光景に言葉を失った。津波が押し寄せ町が呑み込まれていく映像を、呆然と見つめた。圧倒的な自然の力を目の当たりにして、身体が震えた。お握りと茶をご馳走になり僕は再び歩き出した。人生は必ず終わる。だがその真実をまったく意識せずに暮らしている。だが大地震に遭い、被災映像を目にして強く意識させられた。自分の人生にも終わりがくるのだという事実を胸に刻みながら足を運び続けた。しばらくして一軒の居酒屋の前を通りかかった。まるでそこだけは地震を知らないかのように、満席になっている様子が窓ガラス越しに窺えた。僕は足を止めしばし店内を眺めた。電車が動くまで飲むことにした人たちを見た僕は、それもアリだと思った。

僕は教室のドアを開けた。

姉ちゃんをぐるりと取り囲むように、机が並べ替えられていた。生徒たちの前にはそれぞれ将棋盤がある。

姉ちゃんがやっているのは多面指しといって、同時に複数の人と将棋を指す対局だった。姉ちゃんはまず一人と将棋を何手か指し合い、隣の将棋盤に移る。またその人と何手か指し合い、姉ちゃんはまたその隣の将棋盤に移る。こうして次々に将棋を指していく。姉ちゃんがほかの人と指している間に、待っている人は次の手を予想して自分の戦略を練《ね》る。そして姉ちゃんが再び自分の将棋盤の前に戻って来たら、これだという手を指す。これを繰り返していく。しばらくすれば姉ちゃんに負けていく人が出てくるので、一人二人と対局相手は減っていく。

姉ちゃんが駒に手を伸ばし摘み上げた。そしてそれを盤にパチンと置いた。

相手の男が待ってましたとばかりにすぐさま一手指す。

すると姉ちゃんがすぐにまた駒を動かした。

男の顔はたちまち曇り口を引き結んだ。

姉ちゃんは右隣の将棋盤の前に移動する。そしてすぐに駒を進めた。

女は小さく頷きそれから駒に手を伸ばした。そしてゆっくりと手を動かし右斜め前方に移動させる。

姉ちゃんは即座にその駒を奪うと自分の駒台に置いた。女が困った表情を浮かべて考え込むと、姉ちゃんはその右隣の人と対局するため一歩ずれる。そうしてから姉ちゃんはしばし将棋盤を見つめた。真剣な表情のまま姉ちゃんは「ズルしましたね」と言った。

六十代ぐらいに見える男は、首を竦めてからぺろっと舌を出し「バレたか」と声を上げた。

楽しそうだな。やっぱり姉ちゃんは将棋をしている時は格好いいよ。どうして十人以上の人と同時に将棋を指せるのか、頭の中はどうなってるのか不思議だが。そうやって将棋は同時にできるのに、それ以外のことは同時にできないのもさらに不思議だがな。姉ちゃんの生き方にも、父ちゃんの生き方にも腹を立てていた時期があったが……人生は突然終わるのかもしれないのだから、好きなように生きればいいと今は思う。だからといって借金ってのは勘弁して欲しい。その癖自己破産をしたくないとは聞いて呆れる。借金を返すために、また借金をしてギャンブルしようというのはどういう理屈なんだか。そういうところが父ちゃんなんだが。ただ……どうしてだろうか。悪い考えじゃないような気がしている。おかしいな、僕は。年取ったかな。

多面指しが終わったのは午後〇時半だった。

生徒たち全員が姉ちゃんに完敗した。その後は生徒同士でがやがやと話をしながら教室を出て行った。

たちまち教室は静けさに包まれる。

開いた窓からは十月の爽《さわ》やかな風が吹き込んでくる。

その風で白いカーテンが揺れるのを僕は見つめた。

父ちゃんが「昼飯を食いに行こうぜ」と言った。

僕はそれには答えずスマホでそのページを探して、二人に向かって突き出した。「アマチュアが参加できる将棋大会が隣のS県である。優勝金額は五百万円だ。姉ちゃん、これに出てみないか？　優勝したら父ちゃんの借金を返せる」

父ちゃんが目を丸くした。「そりゃ凄い話だな。でかしたぞ、守。さすがだ。まっとうな人間はやっぱり違うな。な？」と姉ちゃんに顔を向けた。

不審そうな顔の姉ちゃんが口を開いた。「守らしくないね。ギャンブルで解決しようとするなんて」

「ギャンブルじゃないよ」僕は訴える。「大会なんだからさ。賭け将棋とは全然違う。まっとうな大会のまっとうな賞金だから。ここに来る飛行機の座席にあった機内誌に載ってたんだよ、大会のことが。将棋好きの建設会社のオーナーが大会を開くと書いてあったよ。S県内にあるその会社がスポンサーになっているそうだ。目立ちたがり屋だと自認するオーナーのインタビュー記事を読んだら、話題になるためには、それまでの常識を覆すほどの賞金額にする必要があったので五百万円にしたと書いてあったよ。僕は比較的近い業界にいるんだが、その会社の名前は聞いたことがなかった。それで随分と景気がいいんだなと思って、少し驚いて読んだんだ。アマチュアが参加できる将棋大会で、これだけの高額の賞金が出るとなれば、全国から強いアマチュアがやって来るだろう。簡単には勝てないぞ。それに決められた時間に対局しなくちゃならない。姉ちゃんにそれができるか？」

姉ちゃんが小首を傾げる。「どうかな？」

「どうかなじゃないよ」父ちゃんが口を挟んだ。「やってくれよ、五百万のためにさ」と言った後で「突然寝る回数は最近じゃ随分減ったんだぞ」と僕に告げる。

僕は姉ちゃんに尋ねた。「気分がのらなくても将棋を指せるか？」

「指せる」と父ちゃんが答えた。

「姉ちゃんに聞いてる」僕は言った。

姉ちゃんはしばらく考えるようにしてから「頑張るよ」と宣言した。

僕は父ちゃんに向いた。「姉ちゃんが優勝できなかったら、父ちゃんは自己破産すると約束してくれ」

「……それは……そうか？」

「そうだよ。借金をしてギャンブルで返そうなんて考えないでくれ。ギャンブルは姉ちゃんの大会の一回だけだ。いや、違う。大会はギャンブルじゃない。まっとうな大会のまっとうな賞金を狙って、まっとうに戦う。それがダメだったら潔《いさぎよ》く諦めて自己破産だ。父ちゃんも覚悟を決めてくれ」

父ちゃんが黙って頷いた。

「母ちゃん」と純が声を掛けた。

だが姉ちゃんは起きない。

純が姉ちゃんの腕を揺すり「母ちゃん起きてよ」と言った。

姉ちゃんがゆっくりとテーブルから頭を上げた。それからきょろきょろと辺りを窺う。

そして両手を思いっきり上げて背中を伸ばした。

優勝決定戦に臨む姉ちゃんに与えられた控え室は、五十平米程度の広さがあった。そこはホテルにある会議室の一室だった。窓はなく毛足の長い絨毯《じゅうたん》が敷かれている。そこに姉ちゃんと父ちゃんと純と僕の四人がいた。

ホテル内の広い会場で、昨日の土曜日の午前九時からトーナメントが始まった。そして今日の午前中で優勝決定戦に臨む二人が決まった。姉ちゃんは危なげない指しっぷりでここまで来た。姉ちゃんの将棋からは、若い頃に見せたキレ味はなくなっていた。だがその分しなやかさを手に入れていた。相手に合わせて柔軟な対応をするのだ。そうしている間に、自分の間合いに相手を引っ張り込む。その将棋には鋭さはないが深みがあった。優勝決定戦の相手は三十代の男で、名前を検索したらプロを目指して奨励会《しょうれいかい》にいたことがわかった。だが決められた年齢までにプロになれず、奨励会から去っていた。これはつまり、彼はアマチュアとしては最強レベルということだった。

姉ちゃんが椅子から立ち上がった。そして両腕を大きく回してから腰を捻った。

純が尋ねる。「今将棋指したい気分?」

腰を捻るのをやめて姉ちゃんが答えた。「うん」

父ちゃんが小声で「よしっ」と言って拳を握った。

「だってさ」と純が僕に向けて言う。

その時ノックの音がした。

僕がドアを開けると、スタッフらしき男がいて「開始十五分前ですので移動をお願いします」と口を開いた。

僕は振り返り「時間だって」と告げた。

父ちゃんは興奮したような顔をしていて、純は逆に青ざめた表情を浮かべている。
そして姉ちゃんは無表情で膝の屈伸運動をしていた。
僕らは控え室を出て対局会場に移動した。そして鳳凰《ほうおう》の間の扉の前でスタンバった。
純が姉ちゃんに聞く。「眠い？」
「眠くない」と父ちゃんが答えた。
「じいちゃんに聞いてない」と純が即座に言う。「母ちゃんに聞いたんだ」
姉ちゃんは首を回してから「眠くない」と答えた。
すると「ほら、眠くない」と父ちゃんが嬉しそうな声を上げた。
その時向こうから歩いてくる集団に気が付いた。
対局相手の佐々木真司《ささきしんじ》が歩いてくる。
その後ろには、佐々木と同年代ぐらいの三人の男たちが続いていた。
そして佐々木たちは、僕らと五メートルほど離れたもう一つの扉の前で足を止めた。
僕らは五メートル離れて見つめ合った。
ただ時間が流れる。
しばらくして扉が内側から開いた。
男性スタッフが「小池りか子さんはテーブルの前にお願いします」と声を掛けてきた。

「応援の皆様は客席にお座りください」

りか子が振り返り「行ってくるよ」と言った。

父ちゃんが「五百万取ってきてくれ」と懇願したので、「今ここでそういうこと言うなよ」と僕は窘《たしな》めた。

僕は姉ちゃんに声を掛けた。「将棋を楽しんでこいよ」

「うん」姉ちゃんが頷いた。

顔色が悪いままの純が「頑張って」と小さな声を掛けた。

「うん」姉ちゃんが再び頷いた。

僕らは会場に入った。

二百平米以上はある広い会場には、五百人ぐらいの観客が座っている。対局テーブルは、奥のステージから桟橋《さんばし》のように突き出た場所に設置してあった。そのテーブルを取り囲むように、観客席は半円形状に置かれている。そのテーブルの奥には、二人の立会人と一人の記録係が並んで座る席があった。そして三人の上部には大きなスクリーンがあり、将棋盤を上から撮影した映像が映し出されている。また客席の所々にもそれよりは小ぶりのモニターが配置されていて、そこでも同じ映像が見られるようになっていた。立会人たちの横のテーブルにはトロフィーや賞状がある。また会場の壁には大きな紙が貼られていて、対局中の解説は別室で行われているとも書かれ、その部屋がある方向が示されていた。

対局は予定通り午後一時にスタートした。僕と父ちゃんと純が座ったのは、関係者席として用意された最前列の椅子だった。

僕はちょっと泣きそうになって慌てる。こんな風に姉ちゃんの晴れ舞台を見たいと思った日があった。だがそれを姉ちゃんは望まなかった。いろんなことがあって、年を取って、思いもかけずこうしてそれを目の当たりにするとはな。精一杯楽しめよ。勝てたら僕も嬉しいが負けても構わない。父ちゃんが自己破産すればいいだけの話だ。そんなことより、姉ちゃんの将棋をこれだけ大勢の人に見せられるのが誇らしい。僕は大きな声で自慢したくてしょうがないよ。僕の姉ちゃんすげぇだろとさ。昔思っていたのとは大分形は違ったが構わないさ。胸がいっぱいだ。すぐに飽きちゃうし、眠ければどこでだって寝てしまうし、家事はまったくできないし、約束の時間を守れないし、どうしようもない大人だよ、姉ちゃんは。だが姉ちゃんは将棋を指したら最高に格好いい。それで充分なのかもしれない。誰も彼もが立派じゃない。それでいい。

僕は腕時計で時間を確認してから、立会人たちの頭上にあるスクリーンに目を移した。

序盤は互いに守備を固める定跡《じょうせき》通りの展開になった。時に駒を取ったり取られたりはあったが、それは承知の上での展開で激しいものではなかった。中盤に入って二人の力較べが始まった。二人の棋力《きりょく》は互角だった。姉ちゃんが鋭い一手を繰り出しても佐々木は見事な切り返しで応じ、拮抗《きっこう》した戦いが続いた。

「すごかね」後ろの席の男が囁《ささや》いた。「見よるこっちまで息の苦しくなってきたばい」

僕は振り返って男を見る。

それは二ヵ月前姉ちゃんの将棋教室で見た顔だった。ほかにも将棋教室で見かけた顔がちらほらあり、どうやら僕らの背後には、姉ちゃんの将棋教室の生徒たちが集まって座っているようだった。

右隣の純が僕に顔を近づけ「母ちゃんは勝ってるの?」と小声で聞いてきた。

「五分五分だな」と僕も小声で答える。

客席はとても静かで、皆食い入るように対局中の二人やモニターを見つめている。所々で隣席の人と話をする様子も見られるが、口元に手を当てたりして、話し声が対局者の集中を妨《さまた》げないよう配慮する気配があった。

午後三時を過ぎた。

佐々木が椅子の横に置いてある、ミニテーブルのペットボトルに手を伸ばした。そしてミネラルウォーターをグラスに注ぐと、それに口を付ける。半分ほど飲んでからグラスを戻した。それから流れるような所作で駒を摘むと、パチンといい音をさせて盤に置いた。

姉ちゃんは三間飛車《さんけんびしゃ》という戦法をとっている。それはスタート時には右にある飛車を、真っ直ぐ左に移動させて戦う手法だった。佐々木のほうはといえば、居飛車穴熊《いびしゃあなぐま》という戦法で進んでいる。飛車をスタート時点の位置から動かさず、その反対側の隅に王将を置き、それを他の駒で取り囲んで守っている。これは守りの陣形の中で最も堅い囲いの一つだった。


あとどれくらいこの状態が続くのだろう。こんなに力が同じくらいだと、どちらかのミスから勝負が動きだすんじゃないだろうか。


佐々木が歩を姉ちゃんの陣地に進めて、裏返してと金にした。

すぐに姉ちゃんはそのと金を桂馬で奪う。

するとその桂馬の鼻先に佐々木が歩を打ってきた。

姉ちゃんは狙われている桂馬を跳《は》ねるように動かした。

佐々木の歩から逃げて動かした桂馬だったが、移したその場所の向こう側には歩が待ち構えている。歩から逃げて、また歩の目の前に移動したことになる。

これでいいのだろうか。あっ、そっか。桂馬をどうせ犠牲にするなら、姉ちゃんが移動させた場所で取らせたほうが、同じ列の背後に控えている角と飛車を動かし易くなる。だからか。今の佐々木には姉ちゃんから奪った駒が一つもないから、姉ちゃんの陣地の奥に控える飛車の侵入を受けるのに苦労するはずだ。よしっ。姉ちゃんはいい調子だ。ちょっと不利になっているんじゃないかと思ったが、今の好手で波を摑めるんじゃないだろうか。

午後四時になった。

僕は組んでいた腕を解き、首をゆっくり回してストレッチをした。

純も肩を前後に回すようにして凝りを解《ほぐ》す動きを始める。

父ちゃんは足を組み替え「ふー」と鼻から息を吐いた。

姉ちゃんが角を打つ。

佐々木が飛車で隅の香車を奪い裏返して竜王にした。

姉ちゃんは銀を敵陣の深くに打った。

それは佐々木の王将を守っている囲いの駒の、すぐ横の位置だった。

佐々木の守りは堅い。だが姉ちゃんの守りも堅く、戦況は姉ちゃんのほうがやや優勢といったように見える。

何手か指し合った後で、姉ちゃんが佐々木の竜馬の鼻先に歩を打った。それから緑茶のペットボトルに手を伸ばす。キャップを捻るとそのまま口を付けて飲んだ。

佐々木が桂馬を動かして姉ちゃんの銀を奪い、裏返して成桂とした。

その生意気な駒を姉ちゃんはすぐさま金で奪う。

すると佐々木は香車を、姉ちゃんの王将の斜め前の位置に打った。

突如姉ちゃんの横顔に緊張が走ったように見えた。僕は思わず身を乗り出した。

姉ちゃんはペットボトルを膝の上でぎゅっと握りしめる。それから一層険しい表情を浮かべた。

僕は父ちゃんに顔を向ける。

父ちゃんも同じように厳しい顔をしていた。

佐々木が出してきたのは、これぞ手筋というような妙手だった。自分の駒をわざと取られる位置に置いたのだ。相手にそれを取らせることで、駒同士の守備の連携を断ち切ったり、守りの陣形に穴を開けたりできる。佐々木が仕掛けてきたのだ。

姉ちゃんはこれにどう対応するのだろう。王将を動かしてこの香車を取れば、王将の上部を守る駒はないので、かなり心細い状態になる。だからといって姉ちゃんの香車で奪えば守備の陣形に隙ができてしまう。どちらを選択しても一気に姉ちゃんが劣勢になる。それは隅にある佐々木の竜王が利いていて、王将を後ろには下げられない状態になっているからでもあった。ついさっきまで姉ちゃんが優勢だと思っていたんだが。

姉ちゃんは四時間の持ち時間のうち十五分を使って考えた後で、桂馬を打って佐々木の竜王の侵入を防いだ。

佐々木が竜王を右に三つずらして、姉ちゃんの金を狙う。

姉ちゃんはその金を右に一つ逃がす。

佐々木が自分の香車で、姉ちゃんの香車を奪って裏返し成香にした。

姉ちゃんが歩で佐々木の竜馬を奪う。

姉ちゃんは僕の予想したのとはまったく違う手を指した。佐々木の手筋で一気に追い込まれたように感じたが、姉ちゃんは攻めをかわすだけでなく、竜馬を奪ってみせた。

僕にはどっちに流れがきているのか全然わからない。

何手か指し合った後で、姉ちゃんが敵の一番深い位置に佐々木から奪っていた角を打った。

佐々木が自分の金を一つ下げる。

姉ちゃんがさっき打った角で、佐々木の飛車を奪い裏返して竜馬にした。

佐々木が香車を端に打って、姉ちゃんの守備陣形に侵入を図って来る。

姉ちゃんは桂馬を動かして、攻めと同時に王将の逃げ道を作った。

佐々木は王将を逃がさぬよう持ち駒の歩を姉ちゃんの守りの側に打つ。

この歩を排除するため姉ちゃんは金を動かして奪う。

すると佐々木は別の歩を、姉ちゃんが持っているもう一枚の金の鼻先に打った。

姉ちゃんがぐっと上半身を前に倒して、将棋盤に顔を近付ける。そして口を引き結び駒を睨む。やがて苦しそうな表情になった。

佐々木はまだ対局中であるにもかかわらず、険が消えて穏やかな表情になっている。そしてグラスにゆっくりミネラルウォーターを注ぎ足した。

「マズいちゃなかと?」背後から囁き声が聞こえてきた。

別の男が言う。「りか子先生ならどげんかするよ。ちかっぱ強いけんね」

「そうやったらよかけど、あっちも相当強かぞ」

「わかっとう。やけどりか子先生ならきっとどげんかするけん。突拍子もなか手ば本能で出してくる人なんやけんね」

姉ちゃんが駒を動かした。

すぐさま佐々木が駒を進める。

そうして対局は続いた。佐々木は姉ちゃんの守りの陣形を崩そうとしている。一方の姉ちゃんは、それに対処するのに精一杯で、守り一辺倒になっていった。

姉ちゃんが対局時計に目を向け残り時間を確認した。そしてそれまで以上にぐっと前屈みになる。

その時姉ちゃんの膝からペットボトルが落ちた。ぽとっと音がして転がり佐々木の足元まで転がった。

父ちゃんが祈るように「頼む」と呟いた。

姉ちゃんはペットボトルを落としたことに気付いていない様子で、ただ将棋盤を見つめている。

佐々木が腰を屈めてテーブルの下に頭を入れ、ペットボトルを拾った。そしてそれを姉ちゃんに差し出した。だが姉ちゃんが将棋に集中しているのを見て、佐々木は少し腰を浮かした。上半身を伸ばして、姉ちゃんの横にあるミニテーブルにそれを置く。

姉ちゃんの顔は歪み、痛みを堪えるような表情になる。しばしの時を置いて姉ちゃんが手を動かした。駒台の飛車を摘むと佐々木の陣内に打った。

思わず僕は息を呑んだ。

姉ちゃんは諦めていない。だから攻めに出た。今や守りの陣形はすっかり崩され、姉ちゃんの王将は自ら動いて逃げている状態だ。だが姉ちゃんが選んだのは本陣の立て直しではなく、敵の王将を狙うことだった。

背後からは「大丈夫か？」と心配する声が聞こえてくる。

佐々木は顎を引いてしばし将棋盤を見つめる。それから歩を自陣に打って、姉ちゃんの飛車を受けた。

姉ちゃんは金を斜め前方に動かして歩を奪う。

佐々木が角で姉ちゃんの歩を奪い裏返して竜馬とした。

姉ちゃんが竜馬を斜めに動かして将棋盤の中央に置いた。

その駒と佐々木の王将の間に駒は一つもなく、一気に王将を狙える位置だった。つまり王手だ。

当然佐々木はなんらかの対応を取ってくるだろう。姉ちゃんがやっていることは無茶だった。だが何手も先を読み切った上で、そうしなければ勝てないと姉ちゃんが見極めたのだろう。

佐々木は自分の竜馬で姉ちゃんの竜馬を奪った。

すぐさま姉ちゃんはその竜馬を金で取った。

佐々木が姉ちゃんの陣地に銀を打ち、たった一つだけあった姉ちゃんの王将の逃げ道を塞いでしまった。

「ひっ」悲鳴のような声が背後でした。

絶体絶命のピンチだ。王将を動かすことはできないので、その前で守りを担当している駒を動かして、新たに逃げ道を作らなくてはならなかった。そうやっても姉ちゃんの王将が逃げおおせるのかはわからない。

姉ちゃんが駒台に手を伸ばした。そしてさっき取り返した角を打った。

えっ？　王手？　それ、王手だよな。姉ちゃんが打った角と、佐々木の王将の間に駒はないもんな。なんだそれ。ピンチだとばっかり。いや、確かにピンチだ。それは間違いない。これ以上ないってほどにボコボコにされているのに、それでも姉ちゃんは佐々木の王将を狙ってる……そういうことか？　姉ちゃん、それって……大丈夫なのかよ。いや、それでいいんだよな。それが姉ちゃんの将棋なんだよな。

姉ちゃんの持ち駒は飛車、金が一枚ずつで、歩が四枚。佐々木のほうは角と歩が一枚ずつだった。

佐々木が自分の顎を撫で回すようにしてから小さく頷いた。そして持ち駒の歩を、自分の王将と姉ちゃんの角の間に打った。

姉ちゃんはその歩を桂馬で奪って裏返して成桂にした。

佐々木が成香を一つずらして、姉ちゃんの王将の隣に置いた。

あっ。

詰んだ？　今ので、姉ちゃんがこれからどう動かしても、王将を取られてしまうんじゃないのか？　負けた？　そうなのか？　いや、僕の棋力が低いからそう思っているだけだよな。まだ手はあるよな？　なぁ、姉ちゃん。

姉ちゃんが成香を王将で奪った。

すると佐々木が、姉ちゃんの王将の斜め前に角を打った。

姉ちゃんは王将をさっきの位置に戻す。

佐々木が銀を姉ちゃんの王将の隣に動かして裏返し、成銀にした。

姉ちゃんの横顔に寂しそうな影が差した。

父ちゃんが大きく頭を左右に振ってからうな垂れた。

姉ちゃんがすっと顔を上げる。真っ直ぐ佐々木を見つめた。

そして「負けました」と言って頭を下げた。

一拍の間が空いた後で会場がどよめいた。感嘆の声で場内はざわつく。パチパチと小さな拍手が起きたが、それは大勢の人の話し声ですぐに掻き消される。

姉ちゃんが顔を僕らのほうに向けてきた。残念そうな顔をして小さく肩を竦めた。

僕は一つ頷いた。

僕と純はホテルの通路を並んで歩く。

二重のガラスドアを抜けると広い駐車場に出た。

純が言った。「母ちゃんは惜しかった?」

「あぁ、惜しかった」

「あとちょっとだった?」

「あぁ、あとちょっとだったよ」

「残念だったね」

「そうだな」

純が足を止めた。「これからどうするの?」

「父ちゃんを自己破産させるよ。弁護士を探して手続きを頼む。それで借金はチャラにして貰う。だからといってすっかり安心という訳にはいかない。また借金の保証人になったりしないよう、くれぐれも注意して見張ってて欲しい。できるかな?」

「………」

「相変わらずギャンブルもやっているようだから、そっちも監視して欲しい。孫の純君に、じいちゃんが羽目を外さないよう見張る役目を頼んでいること自体おかしな話なんだが、ああいう人だからさ。姉ちゃんは父ちゃんを放っておくだろ。それは危険だ。今回のようになる。だから純君に頼んでる」

「…………」

僕は歩き出す。「ギャンブルに夢中になったらダメだ。競馬だって競艇だって、胴元が儲かるように作られた仕組みのものなんだから。時々勝たせて貰って喜んでしまうんだろうが、その何百倍も負けている点には目を向けない。それじゃ人生を台無しにするぞ。純君はまだ十六歳だから人生を台無しにすると言われてもピンと来ないだろうが、これは間違いないことなんだ。ギャンブルは身を滅ぼす。純君が心配でね。あの父ちゃんから悪い影響を受けないといいがと、いつも思っているよ」

僕はレンタカーのトランクを開けた。中に積んでいた鞄からタブレットを取り出した。

純は後部座席にあったダウンコートを摑んで、ドアを閉めた。

対局が終わり今姉ちゃんは感想戦に挑んでいる。姉ちゃんにとっては、本能で動かした駒の理由を話さなくてはいけない拷問《ごうもん》並みの時間だ。だが最近はそうした時にやるように、父ちゃんが司会者のようになって進行している筈《はず》なので、姉ちゃんにとっても、入場券を買った客にとってもまずまずの感想戦になっているだろう。

純がコートを着終わったのを見て「それでいいのか?」と尋ねた。

「うん」と頷いた。「あのさ」

「なんだ?」

「ギャンブルはダメなんだよね」

「そうだ」

「でも叔父さんもギャンブルしたよね。実際に金を賭けた訳じゃないけど、母ちゃんが勝ったら賞金で借金を返して、負けたら自己破産って、そういうのも賭けって言うんじゃないの?」純が聞いてきた。

「……それは……ギャンブルとはちょっと違うだろ。いや、大分違う」

「僕、叔父さんに憧れてたんだ。でもがっかりした。じいちゃんと同じことしてるから」

「いや、だから今回のは違うだろ、ギャンブルとは」

「自分は馬やボートには乗らないで、誰が勝つかを予想して金を増やそうとするんでしょ、ギャンブルって。一緒だよ。借金を返す金がないから優勝賞金を狙うという発想が、ギャンブラーじゃないか」純が言った。

「………」

「叔父さんはじいちゃんや母ちゃんと違って、ちゃんとしてて——僕は叔父さんのようになりたいと思ってたのに。今回のことじいちゃんの計画だと思ってたんだ、ずっと。でも違うって今日聞いて、ショックだった」

僕は額を擦ってからトランクを閉めた。

純が先に歩き出した。

僕は少し遅れて歩く。

午後五時になっていた。

エレベーターの中に入った。二人とも扉に向いて並んで立つ。

純が話し出した。「ずっと聞かされてきたんだ。叔父さんのこと。じいちゃんも母ちゃんも、叔父さんを自慢するんだ。凄く偉い人なんだよ、それで優しい人なんだよって。曲がったことが嫌いで真っ直ぐなんだって。でも困った時には必ず助けてくれる人で、ちゃんと働いていて世の中のためになる仕事をしてるって。格好いいんだよって。小池家の自慢なんだって。じいちゃんは、純は守叔父さんのようになるんだぞっていっつも言う」

ほろっとした。本気でそんな風に思ってたのか——。お前は偉いだの凄いだのと言われる度に、嫌みだと思っていた。だが違ったのか。肩から力が抜けていくような感じがするのはどうしてだろう。嬉しいのとは違う。いや、嬉しいのかな。なんだか自分の気持ちがわからない。ただ……夢にも思わなかった。四十六歳にもなって、父ちゃんと姉ちゃんから褒められていたことがこんなに胸に沁《し》みるとは。それにしても、父ちゃんと僕が同じことをしているというのはいくらなんでも——。

扉が開き純が降りながら喋り続ける。「その癖夏休みに叔父さんの所へ遊びに行きたいと言った時は、じいちゃんも母ちゃんもそれはダメだって。忙しい叔父さんの邪魔をしちゃいけないいんだってさ。叔父さんの奥さんとも、聡君とも一度も会ったことないでしょ。だから会ってみたかったし、東京にも行ってみたかったんだ。だから叔父さんが忙しくない時期を聞いて、その時に行くって言ったんだけど、それでもダメだって。叔父さんを困らせちゃダメだってさ。僕が行ったら迷惑?」

「迷惑じゃないよ」

「僕は叔父さんの奥さんと聡君と会ってもいいの?」

「…………」

「僕を紹介するのは恥ずかしい?」と純が質問してきた。

「えっ?」

「じいちゃんと母ちゃんも会ったことないいんだってね、聞いてびっくりした。どうしてって聞いたらじいちゃんが言ったんだ。恥ずかしいんじゃないかなぁって。じいちゃんと母ちゃんは変わり者だから、まっとうな人にとっては父です、姉ですと紹介するのは恥ずかしいんだろうよって。そうなの?」

「…………」

「僕を紹介するのも恥ずかしい？」真っ直ぐ僕を見つめてきた。

「そんなことないよ」

「本当に？」

「あぁ」

「だったら行ってもいい？　叔父さんが忙しくない時に」

「あぁ、いいよ」

「良かった」純が嬉しそうな表情を一瞬だけ浮かべる。「だけど叔父さんにがっかりしたのは変わらないからね」

会場に戻ると、姉ちゃんの背後に立った父ちゃんがマイクを握っていた。僕と純は客席の最後列の後ろからその様子を眺めた。

対局中とは打って変わって、客席に座る人たちはリラックスした様子で大っぴらに話をしている。携帯で場内を撮影する人や、しきりにメモを取る人の姿もある。

一人の男が近付いてきた。

それはさっきまで僕らの背後に座っていた、姉ちゃんの将棋教室の生徒だった。六十代ぐらいに見えた。

男は言った。「いやぁ、惜しかったですねぇ」

「残念です」と僕は答える。

「互角やったばい。間違いなか、互角たい。向こうは男ですからね、りか子先生はきばったばい。そもそも男と女が互角に将棋を指しとるのが凄いことやけんね。男と女は同等やけどね、いや、どっちかと言えば女のほうが勝っとるけん、いろんな点で。やけど将棋だけは違う。男と女の力量の差ははっきりしとる。それが何故だかはわからんけど、とにかくそういうものたい。それをりか子先生はぶち破ったけんね。私はりか子先生に習っとると自慢したくなりました。いや、したくなったやなく、するね、間違いなく。弟さんも将棋すると？」

「僕は下手なんです」

「そうなんですか？　純君は？」

一瞬僕に目を向けてから「ルールは知ってますけど下手なんです」と純が答えた。

「そうなの？」男が大袈裟に目を丸くする。「お母さんに習えばよかとに。強かお母さんの胸ば借りて練習しよったら、そのうち強くなるけん。ねぇ？」と僕に同意を求めてきた。

僕は曖昧な表情を浮かべて「どうでしょうか」と答えた。

男は「惜しかった惜しかった」と繰り返すと去って行った。

その男を見送っていた純が振り返って口を開く。「叔父さんは将棋下手なの？」

「あぁ」

「僕と一緒か。上手くなりたいと思った？」

ステージ上の父ちゃんと姉ちゃんに目を向けた。「上手くなりたかった。強い姉ちゃんに嫉妬したこともあったよ。姉ちゃんの将棋みたいに、僕にもなにか特別な才能がないかと探した時期もあった」

「あった？」

「なかった」二人から目を離して隣の純に顔を戻した。「だがそれが不幸せということではなかった。特別な才能はなくても幸せにはなれる。これまでのところ自分の人生に満足しているよ」

純は納得したのかしなかったのか、何も言わずにステージに視線を移した。

僕もまたステージに目を転じた。「正月に皆でこっちに来るよ。その時家族を紹介するよ」

姉ちゃんが立ち上がった。そして佐々木と握手をした。

観客の拍手に応えて佐々木がお辞儀をする。

姉ちゃんはすっかり疲れた顔をしていた。

平成29年（2017）

僕は尋ねた。「余命はどれくらいなんですか？」

本田正広《ほんだまさひろ》医師はテーブルのカルテに目を落としてから、すぐに顔を上げる。「よく聞かれるんです。ですが医者として言えるのは平均値なんです。それよりもずっと長い方もいらっしゃるし、短い方もいらっしゃいます。それを踏まえた上でお聞きください」

「はい」

「一年ぐらいです」

僕は息を吐いた。それから自分の額に手をあてる。

本田の背後には看護師が立っていた。父ちゃんの主治医の部屋は二畳ほどだった。そこにテーブルがありモニターが載っている。そのモニター画面には、父ちゃんの肺の画像が映し出されている。

僕は質問した。「父はそのことは？」

「聞かれたのでお話ししました。そうしましたら……」

「そうしたら？」

「肩の力を抜いていきましょうよ、先生。と、そう仰《おつしや》いました。俺は七十九歳だ。まだ早いと言われる年じゃない。だからそんな不幸を味わってるような顔をしないでくださいよ。俺の人生は詰んだ。そういうことでしょ、と仰いました」

「……そうですか」

本田から今後の治療方法の選択肢について説明を受け、部屋を出た。姉ちゃんから電話を貰ったのは二ヵ月前だった。父ちゃんが具合が悪くて検査を受けたら、深刻なことを言われてしまったという。それから何度かこっちに来た。来る度に事態は深刻さを増した。今回は大学が夏休みに入った聡と菜々子を同伴しての訪問だった。

エレベーターで三階に上り渡り廊下を進む。ふと足を止めて方向転換をして廊下を戻った。それから階段を上る。

特別室がある四階の階段横にはちょっとしたスペースがあり、オットマンが並んでいて休憩ができる。そこに年寄りがいた。

病院指定のパジャマを着て新聞を読んでいる背中に、窓越しの陽が当たっている。

それが父ちゃんだと気付いた僕は衝撃の余り立ち尽くす。そして長いことその小さな背中を見つめ続けた。しばらくしてから僕はようやく足を一歩踏み出した。

父ちゃんの隣に座り「ここは特別室のフロアだよ」と声を掛けた。

父ちゃんが僕に顔を向けた。「あぁ、だからここには新聞や椅子が置いてあんだろう。俺がいる下のフロアにはこんな場所はないからな。それが余計に一日十万も払ってる入院患者の特権なんだろうな。だが差額ベッド代を払ってない庶民が、この階に来ちゃいけねえってルールはないんだ。ナースの綾子《あやこ》ちゃんに確認してあんだよ」

「それでここで新聞を読むのが日課なの？」

「毎日じゃないがな。特別室に知り合いが入ったんだよ。民泊の反対運動をしている会で知り合った人でな。特別室に入れるほどの金持ちだったとは知らなかったがね。それで時々病室に行ってる」

「そう」

「孫がいてさ、その人に。その六歳の男の子に聞いたんだよ、大きくなったらなにになりたいって。そうしたら固まっちまってよ。難しい質問だったようなんだよ。だから、そんじゃ生まれ変わったらなにになりたいんだと聞いてみたわけよ。そうしたら途端に目を輝かしてさ、スマホになりたいと言ったよ。機械でいいのかね。お前にも聞いたことあるよ、まだ小さい頃に。やっぱり固まったね。大きくなったらなにになりたいってのは、子どもにとっちゃ簡単に答えられないお題なのかね。だから聞いたのよ。そんじゃ生まれ変わったらなにになりたいかとさ。覚えてるか？」

「いや、覚えてない」僕は答えた。

「主人公になりたい。そうお前は言ったよ」

「………………」

「今だって主人公じゃないかって俺が言ったら、違うとお前は主張した。あの時のお前は頑固だったな。皆主人公だと俺は言ったが、違うとお前は引かなくてさ」

「………………」

「だが主人公だったろ、お前だって」

「……あぁ、主人公だったよ」僕は頷く。

満足気な顔で頷く。「父ちゃんだってたまにはまっとうなことを言うんだぜ」

「父ちゃんは？　生まれ変わったらなにになりたいの？」

「俺か？　そうだなぁ」遠い目をした。「同じでいいわ」

「同じって？」僕は聞き返した。

「男に生まれて母ちゃんと出会って、りか子と守を授かるよ。また母ちゃんに愛想を尽かされてしまうかな」

「今度はちゃんと働けよ」

「あぁ、そうだな。今度はそうしよう」声を立てずに笑った。

病室に戻ると言う父ちゃんと別れて、僕は一人病院の外に出た。

出入り口の前には緩やかなスロープが続いていて、その下には二十台ぐらい停められそうな駐車場が広がっている。そのスロープでは、タクシーが何台も列を作って客待ちをしていた。

僕はスロープを渡りその手摺りに背中を預けて立った。それからスマホを取り出して、母ちゃんに電話を掛ける。

呼び出し音が続いた後で母ちゃんの声が聞こえてきた。「もしもし」

「母ちゃん？　守」

「はいはい。どうした？」

「今病院。父ちゃんの主治医から話を聞いたところなんだ」

「そうなのね。それで？」母ちゃんが先を促してきた。

「余命一年ぐらいだと言われた」

「…………」

「母ちゃん？」

「聞いてるわ。タバコでしょうね。ずっと吸ってたんでしょ？　これまでなんともなかったのが不思議なくらいだわ」

「菜々子と聡とこっちに来てるんだ。母ちゃんはもう関係ないかもしれないが、いや、関係ないが、最後に会っておかなくていいのか？」

「私が？」母ちゃんが大きな声を上げた。「今更だよ。私にとっては遠い遠い昔の人だからね。私はもういいですよ」

「……そうか」

「いい人生だったんじゃないの？　守とりか子からは縁切りされなかった上に、最後も看《み》取《と》って貰うんでしょうから。夫としては最低だったけど父親としては悪くなかったの？」

「えっ？」

「嫉妬してたのよ、あの人に」静かな調子で母ちゃんが話す。「守もりか子もあの人と一緒の時には楽しそうだったから。私には見せない笑顔をあの人には見せていたから。ずるいと思ってたわよ。躾《しつけ》は私がやらないといけないから、どうしたって厳しくしてしまうでしょ。あの人はそういうことは一切やらないんだから、好かれるわよね、それはずるいでしょ。離婚した後、あんたが時々あの人に会いに行っていたと知った時は、あんたに裏切られたような気分だったわ」

「…………」

「まぁ、それも遠い昔のことだけどね」

「バレてたのか」

「当たり前じゃないの」

「あれだよ、別に母ちゃんを嫌いとか、そういうことじゃなかったんだからね。祐一さんのことだっていい人だと思ってるし。母ちゃんは祐一さんと再婚して良かったと思ってるんだからね」僕は力説した。

「わかってますよ」

電話を切るとスロープを下った。

病院を回り込むようにして進み庇の下で足を止めた。

同年代に見える男が、車椅子に座りスマホで電話を掛けている。

結局言えなかったな。生まれ変わっても、父ちゃんは母ちゃんと一緒になりたいってさとは。生まれ変わっても同じがいいと父ちゃんから聞いた時――ぐっときた。照れ隠しに思わず憎まれ口を叩いてしまったが、僕もできれば、また父ちゃんと母ちゃんの息子として生まれたいと思った。だが母ちゃんは違った。この一方通行は切ない。あと一年――いや、父ちゃんのことだからもっと生きてくれる。一年半とか二年とか。だが終わりが近いとはっきりしてしまっている。僕はまったく心の準備ができていない。父ちゃんがいなくなる……想像ができない。徐々に恐怖がやって来るのだろうか。その日が来るのが怖い。諦めるのだろうか。そして受け入れるのだろうか。それとも後悔するのだろうか。もっとこうすれば、しなければ——とあれこれ思うのか。なんだか自分の気持ちを持て余す。

車椅子の男が電話を切った。そしてスマホを空に向けてパシャリと写真を撮った。

僕も空へ顔を向けた。

明るい空には綿飴《わたあめ》のような雲がいくつも浮かんでいる。

「こんなとこでなにしてんの？」

姉ちゃんの声に我に返った僕は「え？　いや、なにも」と答えた。

姉ちゃんが空を振り仰ぎ目の上に手で庇を作った。「今日も暑くなりそうだね」

「あぁ」

「本田先生とは話したの？」

「あぁ。父ちゃんも知ってるんだって？　その……一年ぐらいということ」

「うん。知ってる」

「それで？」

「それでって？」姉ちゃんが聞き返してきた。

「そんなこと言われりゃショックを受けるだろ、フツーは」

「父ちゃんと二人で本田先生から聞いたのね。先生の部屋を出て廊下を並んで歩いてる時、二人とも黙ってて。黙ったまま病院を出てそこの駐車場を突っ切ってる時、突然父ちゃんが言ったの。もやしラーメンを食おうって。サッポロ一番の味噌味にバターともやしを載せただけなんだけど、父ちゃんが作るとなぜか美味しくて。純も好きなの。父ちゃんが作るもやしラーメン。父ちゃんとスーパーに買い物に行って、アパートに戻ったの。それから父ちゃんがもやしラーメンを作ってくれた。父ちゃんと純と三人で黙って食べて——食べ終わった時、父ちゃんがふいに言ったの。どうすっかなぁって。なにがって聞いたら、俺がいなくなっても将棋教室を続けられるようにしなくちゃなぁって。それから突然純に、親父に会いたいかって聞いた」

「森枝にってこと？」

「そう。お前の親父は酷い男だったが、純にとっちゃ父ちゃんだから、会いたいなら、そういうのを調べてくれる所に頼むって手もあるんだぜって」

「純君はなんて？」僕は聞いた。

「会いたくないから調べなくていいと純が言ったら、父ちゃんはそうか？　って。それからぽつりと、森枝のほうは純に会いたいかもしれんぞって。そうしたら純の機嫌が急に悪くなって、なんでそんなこと言うんだよと怒ってたね」

「そうか……なんか父ちゃんらしくないな。もっと大暴れするかと思ったよ」

「心の中では大暴れしてるのかも。結構小心者だから凄くビビッてるのかもしれないし、時間がないと焦ってるのかも。急にそんなことを言ったりするんだから」

「姉ちゃんは？」

「私？」姉ちゃんが目を大きくした。

「そう。姉ちゃんだよ。随分と落ち着いてるじゃないか」

「まだちゃんと理解できていないのかも。父ちゃんがいなくなるのを想像できていないんじゃないかな、落ち着いて見えるとしたら。でもあと何回もやしラーメンを食べられるのかなぁと考えると、寂しくなるよ」

「そうか。姉ちゃんもか。僕もまだ想像できてないよ」

僕は想像力といったものが不足しているようで、いずれやって来るであろう事態に思いを馳せ、それに自分がどう対処するのかを予想することができない。三ヵ月前に、同期入社した木村貴仁《きむらたかひと》が退職すると耳にした。僕はすぐに木村本人に真偽のほどを質《ただ》した。木村は本当だと言った。母親の介護をするための決断だった。木村は妻を二年前に亡くしていて、介護を担《にな》うのは自分しかいなかったので、仕事と両立させようと頑張ってきたが無理だったよと語った。それでいいのか？ と僕は尋ねた。木村は頷いた。そして定年まで八年だと木村は言い出した。両立が無理な以上母親を介護施設に入所させて仕事を続ける八年にするか、介護に専念するしかない。どちらにするかよくよく考えた結果出した答えなのだと言う。ちょっと前だったら仕事を選んだと思うと木村は話した。だが定年まで八年となってみると、もういいかなと思ったそうだ。僕らの会社は六十歳が定年で、希望すれば六十五歳までは再雇用して貰える。僕は突然定年まで八年という事実に衝撃を受けた。そんなことはわかりきっていたはずだった。だが敢えて考えないようにして目を逸《そ》らし続けてきた。そしてその時、ようやく目の前に定年という言葉が落ちてきた。定年の日僕はどんな気持ちになるのだろう。解放感を味わうだろうか、それとも喪失感か。

車椅子の男が僕らの横をゆっくりと通り過ぎていく。まだ扱いに慣れていないのか、必死の形相で車輪を回しているがなかなか進まない。

その男を見送った僕らはふと顔を見合わせた。

「買い物？」僕は姉ちゃんが提げているレジ袋を目で指した。

「アメリカンドッグ。一軒目のコンビニじゃ二本しかなくて、もう一軒コンビニ行って集めてきた。父ちゃんの好物だから。純も好きなんだよね。守と聡君と菜々子さんの分もあるよ」

「アメリカンドッグか。父ちゃん好きだよな。祭りで必ず買ってたろ。ということは相当昔からあるんだな、これ。廃《すた》れることなく今もコンビニで売られているのが凄いな」

「そうだね」

「病人なのにアメリカンドッグ食べていいのか？」

姉ちゃんが首を傾げる。「ダメかもしれないけど、いいよ、食べて」

「ま、そうだな。食ってもいいか」

「守は変わったね」

「なにが？」

「年を取って融通が利くようになった」

「なんだよ、融通って」思わず僕は苦笑した。

「昔だったら、病人にアメリカンドッグなんてとんでもないとかなんとか言ってたよ、きっと。純がさ、昔の守に似てるんだよね。ちょっと大変なんだよ。私と父ちゃんは純にいつも叱られてばっかりでさ。純も変わるかね？　だったら変わるのを気長に待つけどさ」

僕に似ているという純は来年の三月に大学を卒業し、地元の市役所で働くことが決まっている。一方一浪して今年の春にようやく大学生になった聡は、父ちゃんに似たのかパチンコと麻雀《マージャン》が好きなようだった。

駐車場に黄色のタクシーが入ってきた。ゆっくりと進み客待ちのタクシーの列の最後尾に着いた。

僕は言った。「家族っていうのはやっかいだな」

「そうだね」

「だが家族だからしょうがない」

「しょうがないね」柱にもたれかかる。「昨夜父ちゃんが真剣な顔で考え込んでるから、どうしたのって聞いたら、最後にやりたいことリストを作ってるって。漏れがないようにしなくちゃいけないからなって言うの。それ見たら、酷いの」

「酷いって？」

「万馬券を当てる、万舟券を当てる、パチンコで大当たりを出す、役満で勝つって、ギャンブルがらみの希望がずらっと並んでた」

「しょうもねぇな」僕は呟いた。

「本当だね。しょうもないね。なんか最近、子どもの頃のことがふいに思い出されるんだよ。記憶があやふやなところもあるんだけど、大体が父ちゃんがらみなんだよね。昔さ、苺は潰して砂糖を掛けるか、練乳を掛けて食べたでしょ。苺を潰す専用のスプーンがあってさ。あれ、苺が酸っぱかったんだろうね。だから甘いものを掛けないと食べられなかったんでしょ、多分。当時はそういうもんだと思ってたけど。それがいつだったか父ちゃんが血相を変えて帰って来てさ、りか子大変だって言ったんだ。どうしたのと聞いたら、苺が甘くなってるぞって。父ちゃんが苺のパックを買ってきてたから、それを食べてみたの。そうしたら甘くてさ。びっくりしたんだよね。俺たちの知らない間に甘くなっていやがったぞって父ちゃんが言ったんだ。甘い甘いと言いながらパックの苺を全部食べた。そんなしょうもない場面を急に思い出すんだよね。もっと感動的な場面を思い出せばいいのにと思ったけど、よく考えたら、そもそもそんな感動的な場面なんてなかったんだよね。なんでもない毎日を積み重ねてきただけなんだよね。でもそんなしょうもない思い出が、父ちゃんがいなくなったら、特別な思い出に変わるのかなって思うと寂しいよ」

「それわかるよ。僕も急に昔の父ちゃんのことを思い出すが、やっぱりしょうもないシーンでさ、なんでそれを覚えてたのか不思議に思うぐらいだよ。昔家にあったトースターはポップアップ式だったろ。でさ、自動じゃなかったから、もう焼けたかの判断は自分でしなくちゃいけなかった。それで焦がすんだよ。ほぼ毎日のように。何故だかわからないが、トースターの係は父ちゃんだったじゃないか。だから焦げると皆父ちゃんに文句言ったよな。焦げたら、それは父ちゃんが食べなくちゃいけないというルールになってた。父ちゃんがナイフでその焦げをこそげ落とす時の、ガリガリという音をふいに思い出してさ。一度思い出したら、最近じゃその音が耳から離れなくなってるよ。なんでそんなことを覚えてたのか……なんだろうな」

「なんだろうね」

僕らはしばらくそれぞれの思い出に浸った。それからどちらからともなく歩き出し病院の中に入った。

病室には六つのベッドが並んでいて、父ちゃんのは一番奥の右側で窓側だ。そのベッドに父ちゃんの姿はなく、菜々子が一人パイプ椅子に座っていた。

「皆は談話室に行きましたよ」と菜々子が告げた。

「そう」と姉ちゃんは言うと踵《きびす》を返してすぐに出ていった。

それから僕と菜々子は一緒に病室を出る。

廊下の壁際には折り畳まれた車椅子が置いてあった。

「どうかしたか?」歩きながら僕は菜々子に尋ねた。

「ん?」

「様子がいつもと違うから」

「そう? そうかもね」廊下のずっと先を歩く姉ちゃんの背中に目を向けた。「さっきね、お義父さんに言われたの。これからも息子をよろしくお願いしますって。掛け布団に額を付けるぐらいに頭を下げて。なんか、胸がいっぱいになっちゃって。もっとたくさんの時間を一緒に過ごしたかったなと思って、ちょっとしんみりしたの。私お義父さんのファンだからさ。そうしたら自分の親のことを思い出しちゃって」

「そうか」

菜々子の父親は三年前に大腸癌で、母親は二年前に心筋梗塞で亡くなった。

ナースステーションを通り過ぎさらに廊下を進んだ。そして談話室の前で足を止める。

談話室は六十平米ほどで、テーブルや椅子が置いてあり、入院患者と見舞いに訪れた人が好きに利用していいスペースだった。木製の扉が一つあり、廊下からは仕切りガラス越しに中の様子が窺えた。左隅にある観葉植物の鉢の横に父ちゃんがいた。聡と純が将棋をしているのを、にやにやしながら眺めている。

そしてその三人の手にはアメリカンドッグがあった。姉ちゃんは隣のテーブルに突っ伏して眠っている。

突然胸が震えた。父ちゃんがいなくなる。そのことを今僕ははっきりと自覚した。そんなこととても耐えられない。どうしようもない人で、情けない人で、ダメなところは枚挙に遑《いとま》がないし、嫌いなところを挙げろと言われたら、こちらも切りがないほど挙げられる。それなのに僕は父ちゃんを失いたくなかった。ずっとこのままでいさせて貰えないだろうかと、誰かに尋ねたい気持ちだ。

僕はガラスの向こうの皆を見ながら菜々子に尋ねた。「親を喪《うしな》う哀しさを、どうやって菜々子は乗り越えたんだ？」

「それは……乗り越えてないかも。まだ。ずっと抱えたままかもしれないわね」

「……そうか」

「私は将棋のことはよくわからないけど、面白いものみたいね。昨日聡に聞いたの、純君ってどんな子って。昨日一緒にいる時間が長かったみたいだったから。そうしたら真面目で堅実だって言ったの。そうなんだと思って聞いてたら、冒険は絶対にしなくて辛抱強くて、こっちが予想外の手を指しても慌てたりはしない。静かに負けを受け入れると言ったの。聡は純君の将棋の指し方について喋ってたのよ。私は性格について聞いたのにと言ったら、将棋の指し方に性格が出るからそのまんまが性格だと聡は言ったわ。そうなの？」

「そうだね」僕は頷いた。「性格が出るね。それと生き様も」

「面白いわね。お義父さんはどんな将棋なの？」

「無茶苦茶だ。守ればいい時に攻めるし、二つの選択肢があったら必ず危ないほうを選ぶから。常に狙っているのは一発逆転。それは、大抵形勢が不利になってしまうからでもあってね、強くないんだよ、父ちゃんは。僕も弱いから形勢が不利になる。そんな時僕は逃

げ回る。だが父ちゃんはハイリスクを承知で勝負に出る。そういう将棋

「そうなの。やっぱり将棋って面白いわね」

「あぁ。うちにはいつも将棋があったんだ。どんな勝負をしても勝てなくても、将棋はいろんなことを教えてくれるし気付かせてくれる。とにかく面白いしね」

「なんだか私もやりたくなってきたわ。お義父さんに教えて貰おうかしら」菜々子が言った。

「そうするといい。父ちゃんは教えるのはまぁまぁ上手だよ」

「まぁまぁなの？　そう。まぁまぁだったらいいわね」

僕と菜々子は談話室に入った。アメリカンドッグを貰い、それを齧りながら聡と純の対局を眺める。

聡が銀を一つ前に進めた。

たちまち純の表情が翳《かげ》る。

突然父ちゃんが「守、俺といっちょやるか？」と言ってきた。

「僕と？」驚いて食べかけのアメリカンドッグで自分を指す。

「そうだよ、お前とだよ。守と指すのはいつ以来だ？」考えるように首を傾げた。「なんだよ、思い出せねぇぞ。覚えてないぐらいずっとやってないな。よし、やろう」

談話室の棚にもう一つ脚付きの将棋盤があった。聡と純の隣のテーブルにそれを載せて、僕と父ちゃんは向かい合った。

父ちゃんが駒を並べながら鼻歌を歌う。

「守とー、将棋をするのはー、久しー、ぶりなのよー。とってもー、久しぶりなのねー」と超テキトーに歌う。

「なんだよそれ」僕は言った。

「守と父ちゃんの歌」

「始まったら歌うなよ。集中できないから」

「おっ。勝つ気だな。望むところだ。真剣勝負しようじゃないか。よしっ。なに賭ける？」

「はぁ？」

「だから、なにを賭けるかって話だよ」

「そういうのやめようよ」僕は言った。

「いいじゃないか。そのほうが楽しいって。なににすっかなぁ……よし、アメリカンドッグを十本にしよう。負けたほうが勝ったほうにアメリカンドッグを十本奢《おご》る。これでどうだ？」

「父ちゃん勝つ気だな。自分が勝つ気でいるから、自分が欲しいものにしたんだろ」

「勿論勝つのは俺だが、いいよ、そしたらお前が勝ったら煎餅十枚やるよ。俺が勝ったらアメリカンドッグを十本。これでいいな？」

「……わかった」

駒を並べ終わると父ちゃんが振り駒を始めた。振り駒とはどちらが先攻になるかを決めるものだ。自分の歩を五枚手の中に入れてシャッフルし、盤の上に落とす。そうして出た駒のうち表の歩のままだった数が多ければ、振り駒をした人が先攻になる。

父ちゃんがぱっと手を離した。

四枚が歩のままで、裏返りと金となった駒は一枚だけだった。

父ちゃんは「幸先《さいさき》がいいですねー」と節を付けて歌うように言う。

そしてすぐに歩を前に動かした。

僕は飛車先の歩を交換する。それから隣で将棋をする聡と純に目を向けた。

二人とも真剣な表情で将棋盤を見つめている。

聡がサイダーのペットボトルのキャップを捻り、口を付けた。

父ちゃんが駒を左にずらした。

すぐに僕も駒を動かす。

ガタッと音がした。姉ちゃんがテーブルからずり落ちそうになり、目を覚ました。そして姉ちゃんは大きく伸びをした後で「皆で将棋やってるんだ」と言った。

姉ちゃんはそれからレジ袋の中に手を突っ込み、アメリカンドッグを取り出すと立ち上がる。菜々子の隣で聡と純の将棋をしばし眺めた後、僕らの将棋盤の横に立った。アメリカンドッグを齧りながら僕らの勝負を見つめる。

父ちゃんが金を斜め前方の位置に置いた。

僕は銀を前に進める。

始まったばかりの僕と父ちゃんの将棋は、互いに自分の好きな守備陣形を作る段階だった。

姉ちゃんが言った。「父ちゃんと守の将棋久しぶりに見る」

「そうなんだよ、久しぶりーなのよー」と父ちゃんがまた歌うように言う。「負けても泣くなよ」

「泣かないよ」即座に僕は言った。

「よく泣いてたじゃないか」

「小さい頃の話だろ」目が合った聡に向けて、僕は「小学生の頃の話だから」と説明した。

聡が「泣いたんだ」と楽しそうに言ってきたので、「昔々の小学生の頃の話だからな」と繰り返した。

純までが僕を見て「叔父さん泣いたんだ」と言ってきた。

「だから」僕は声を張り上げる。「大人なら——普通の大人なら小さな僕と対局する時、手加減したり勝たせてやったりするだろ、普通は。それをしないんだよ、小池の人たちは。子どもだぞ、こっちは。大人げないんだ、この人たちは」

菜々子がくすっと笑った。「でも素敵な家族ね」

僕はじろっと菜々子を見てから「まぁな」と答えた。

父ちゃんがにやっとした。そして桂馬を跳ねるように動かした。

解説——将棋で魅《み》せる新感覚の家族小説

棋士　先崎《せんざき》　学《まなぶ》

　これは一風変わっている小説だなあ、とまず思った。ひとつの家族をめぐる大河ドラマ風な物語というのは、非常に古典的で昔ながらのものであるが、そこに将棋というものを中心に置いたというところが、本書のおもしろいところだ。

　昨今、藤井聡太《ふじいそうた》君の活躍にあやかってか、将棋を題材とする小説というのは増えたが、その多くは勝負の厳しさ、残酷さ、そしてそこから派生する人間ドラマを扱ったものであり、ひとつの家族を描く芯《しん》として将棋が出番を与えられたことは珍しい。

　だいたいにおいて、将棋が強い「姉ちゃん」以外のふたりは、どうやらルールは知っているものの、対局するシーンはほとんど出てこない。どうしようもなくだらしない父親は、自分では将棋をほとんど指さず、遊んでばかりである。

　全体的にゆったりした物語の展開だが、こと将棋のシーンとなると激しさを増す。「昭和60年（１９８５）」はいきなり将棋の対局シーンからはじまるのだが、一手一手これ以上ないくらいに丁寧に描写されている。まるで、テレビで棋士がアマチュア向けに解説するように、著者は姉ちゃんの将棋を細かく表現してゆく。この作品の著者は、将棋が大好きで、将棋界というものに熱い思いを持っているんだろうなあ、と思う。

　父娘は賭け将棋でシノいでいて、土地に長くいると相手がなくなるので、全国を渡り歩いているわけだが、このようなことは、たしかに昔、戦後の混乱期まではよくあったらしい。旅がらすの男が、その日の食いぶちを求めて、将棋を指す渡世というのは、荒っぽい当時の世相のひとつとして、どんなに細々していたとしても、確立していた。

　インターネットが普及する前は、将棋ファンが同好の士に巡り合うのは、きわめて珍しいことであった。情報は口コミだけが頼りで、自分と同じくらいの相手と対局をしたり、将棋のはなしをつまみに酒を飲んだりすること自体が難しかったのである。

　だから、地方の名士の将棋ファンの名前は地下水脈のように同じファンが知っていた。そして、ふらりと出かけ将棋と酒で交遊を深める、ということもあった。お互い腕に自信があったならば、少額の金銭——夕食代くらいの——を賭けることもあったろう。だから私にとっては、一見荒唐《こうとう》無稽《むけい》に見えるこの設定には、妙なリアルさを感じた。

　おそろしくリアルなのは、姉ちゃんが、女流棋士になろうとするシーンである。たしかに……一見華やかそうに見える棋士でも、生活するとなると大変なのは事実なんですけどね……。

姉弟を前に戸塚プロが事情を説明するシーン（129P）のことばは、小説という手法以外ではちょっと活字にしにくい（すくなくとも私にはできない）ものである。

後半になり、将棋のシーンは徐々に減ってくるものの、突然優勝賞金五百万円の大会があったりして、やはり手の描写が非常にリアルである。実際にある棋譜《きふ》を使ったのか、創作なのか、大方の読者にはどうでもいいであろうことを訊《き》いてみたくなる。

将棋というゲームには、人をとりこにしてしまうような、魔力ともいえるものがある。なんとなくはじめてしまったものが、技量が高くなるにつれ、ある時ふと気がつくと、自分の人生に深く将棋が入り込んできてしまい、気が付いたら自分とその人生が狂わされてしまう。

また、当の本人だけではない。まわりもまたその魔力に巻き込まれてしまい、金銭や家庭的平和などより、将棋が強くなること、勝つことを優先してしまうということは、業界に長くいて、嫌というほど見てきた。

非常に論理性の強いゲームで、そこにはじめじめした情感が入り込む余地はすくなさそうに見えて、将棋に狂った人間を見る時、突然ウェットなものになる。いつまでも限りなくつきまとってきて、時にはベタベタし、時には離れたりして、その感じは家族というものが持つものに似ている。

本書はそのふたつを融合させ、どちらも乾いた感性で描くことによって新しい感覚——家族と将棋のふわっとした物語——に仕立てあげられている。

（この作品『僕は金になる』は、平成三〇年九月、小社から四六判で刊行されたものです）

ＪＡＳＲＡＣ 出 2107217-101

僕は金になる

一〇〇字書評

切り取り線

購買動機（新聞、雑誌名を記入するか、あるいは○をつけてください）

- □（　　　　　　　　　　　　）の広告を見て
- □（　　　　　　　　　　　　）の書評を見て
- □ 知人のすすめで
- □ タイトルに惹かれて
- □ カバーが良かったから
- □ 内容が面白そうだから
- □ 好きな作家だから
- □ 好きな分野の本だから

・最近、最も感銘を受けた作品名をお書き下さい

・あなたのお好きな作家名をお書き下さい

・その他、ご要望がありましたらお書き下さい

住所	〒				
氏名		職業		年齢	
Eメール	※携帯には配信できません		新刊情報等のメール配信を 希望する・しない		

この本の感想を、編集部までお寄せいただけたらありがたく存じます。今後の企画の参考にさせていただきます。Eメールでも結構です。

いただいた「一〇〇字書評」は、新聞・雑誌等に紹介させていただくことがあります。その場合はお礼として特製図書カードを差し上げます。

前ページの原稿用紙に書評をお書きの上、切り取り、左記までお送り下さい。宛先の住所は不要です。

なお、ご記入いただいたお名前、ご住所等は、書評紹介の事前了解、謝礼のお届けのためだけに利用し、そのほかの目的のために利用することはありません。

〒一〇一‐八七〇一
祥伝社文庫編集長　清水寿明
電話　〇三（三二六五）二〇八〇

祥伝社ホームページの「ブックレビュー」からも、書き込めます。
www.shodensha.co.jp/
bookreview

祥伝社文庫

僕《ぼく》は金《きん》になる

令和 3 年10月20日　初版第 1 刷発行

著　者　桂《かつら》 望実《のぞみ》

発行者　辻　浩明

発行所　祥伝社《しょうでんしゃ》

東京都千代田区神田神保町 3-3

〒101-8701

電話　03（3265）2081（販売部）

電話　03（3265）2080（編集部）

電話　03（3265）3622（業務部）

www.shodensha.co.jp

印刷所　萩原印刷

製本所　ナショナル製本

カバーフォーマットデザイン　芥 陽子

Printed in Japan ©2021, Nozomi Katsura　ISBN978-4-396-34766-6 C0193